共和国的历程

春城花开

和平解放云南

周宝良　编写

蓝天出版社　吉林出版集团有限责任公司

图书在版编目（CIP）数据

春城花开：和平解放云南／周宝良编写.
—北京：蓝天出版社，2014．1（2023.3重印）
（共和国的历程）
ISBN 978-7-5094-1107-0

Ⅰ．①春… Ⅱ．①周… Ⅲ．①革命故事－作品－中国－当代 Ⅳ．①I247．8

中国版本图书馆CIP数据核字（2013）第305493号

春城花开——和平解放云南
编　　写：周宝良
策　　划：金永吉　荆忠峰
责任编辑：祖　航　孔庆春
出版发行：蓝天出版社　吉林出版集团有限责任公司
地　　址：北京市复兴路14号
邮　　编：100843
电　　话：010--66983715
经　　销：全国新华书店
印　　刷：北京柏玉景印刷制品有限公司
开　　本：710mm×1000mm　1/16
字　　数：69千
印　　张：8
版　　次：2014年4月第1版
印　　次：2023年3月第3次
定　　价：29.80元

前　言

中华人民共和国自1949年10月1日成立以来，已走过了六十多年的风雨历程。历史是一面镜子，我们可以从多视角、多侧面对其进行解读。然而有一点是可以肯定的，那就是，半个多世纪以来，在中国共产党的领导下，中国的政治、经济、军事、外交、文化、教育、科技、社会、民生等领域，都发生了深刻的变化，中国人民站起来了，中华民族已屹立于世界民族之林。

这段时间放到整个历史长河中是短暂的，有如弹指一挥间，但它带给中国的却是极不平凡的。六十多年里神州大地经历了沧桑巨变。从开国大典到60年国庆盛典，从经济战线上的三大战役到经济总量居世界前列，从对农业、手工业、资本主义工商业的三大改造到社会主义市场经济体制的基本确立，从宜将剩勇追穷寇到建立了强大的国防军，从废除一切不平等条约到独立自主的和平外交政策，从“双百”方针到体制改革后的文化事业欣欣向荣，从扫除文盲到实施科教兴国战略建设新型国家，从翻身解放到实现小康社会，凡此种种，中国人民在每个领域无不留下发展的足迹，写就不朽的诗篇。

六十几年在历史的长河中犹如沧海一粟，但对身处其间的个人却是并非无足轻重的。其间究竟发生了些什么，怎样发生的，过程怎样，结果如何，非人人都清楚知道的。对此，亲身经历者或可鲜活如昨，但对后来者却可能只是一个概念，对某段历史的记忆影像或不存在或是模糊的。基于此，为了让年轻人，特别是青少年永远铭记共和国这段不朽的历史，我们推出了这套《共和国的历程》。

《共和国的历程》虽为故事形式，但与戏说无关，我们是想借助通俗、富于感染力的文字记录这段历史。这套丛书汇集了在共和国历史上具有深刻影响的重大历史事件。在丛书的谋篇布局上，我们尽量选取各个时代具有代表性的或深具普遍意义的若干事件加以叙述，使其能反映共和国发展的全景和脉络。为了使题目的设置不至于因大而空，我们着眼于每一重大历史事件的缘起、过程、结局、时间、地点、人物等，抓住点滴和些许小事，力求通透。

历史是复杂的，事态的发展因素也是多方面的。由于叙述者的视角、文化构成不同，对事件的认知或有不足，但这不会影响我们对整个历史事件的判断和思考，至于它能否清晰地表达出我们编辑这套书的本意，那只能交给读者去评判了。

这套丛书可谓是一部书写红色记忆的读物，它对于了解共和国的历史、中国共产党的英明领导和中国人民的伟大实践都是不可或缺的。同时，这套丛书又是一套普及性读物，既针对重点阅读人群，也适宜在全民中推广。相信它必将在我国开展的全民阅读活动中发挥大的作用，成为装备中小学图书馆、农家书屋、社区书屋、机关及企事业单位职工图书室、连队图书室等的重点选择对象。

编　者

2014 年 1 月

目录

一、 起义前奏

●毛泽东："卢汉如能在我军入滇时举行起义，宣布反帝、反封建、反蒋桂立场，则云南问题可以和平方式解决。"

●龙泽汇说："卢主席派我来，是为了反蒋起义的事，他希望能够尽快行动。"

●卢汉说："目前形势紧急，我们要是等到解放大军攻到威宁、盘县一带才起义，还有什么意义呢？"

卢汉决心脱离国民党

1949年春，中国人民解放军取得辽沈、平津、淮海三大战役胜利之后，乘胜渡过长江，解放了宁、沪、苏、杭等大中城市。

蒋介石则妄图割据西南，建都重庆。在云南方面，除原驻滇的嫡系余程万的二十六军外，又调进李弥的新编第八军和汤尧率领的陆军总部6万余人。众多大小特务也飞抵昆明，大肆搜捕共产党人及进步人士。

云南四季如春，昆明从来就被誉为“春城”。蒋介石妄想把云南作为他们在大陆的“反共基地”。

当时，潜居香港的国民党原云南省主席龙云想在政治上靠拢共产党，于是派代表李一平前往北平与我方洽谈云南起义问题。

2月，国民党云南省政府在任主席卢汉也委派曾与中共有过联系的民主人士宋一痕，向中共中央香港分局递交他致毛主席、朱总司令的信，表示愿意反蒋，要求中共中央派代表到云南并与中共中央建立了电讯联系。

香港分局负责人潘汉年接见了宋一痕并将此事报告中共中央。

中央指示香港分局答复卢汉：

云南、四川均可按北平方式行事，并且可以更多地照顾地方实际。

4月，卢汉再次派宋一痕与华南分局联系，同时又派人与我桂滇黔“边纵”副司令员朱家璧联系。

根据桂滇边工委报告，5月，中共中央指示：可以和卢汉建立联系，配合消灭蒋军，但不可受任何约束；不可存幻想。关于云南局部和平问题，则要卢汉派全权代表到中央谈判。

毛泽东高瞻远瞩地观察形势，继续采取军事打击与政治瓦解相结合的原则。就争取卢汉起义问题，7月21日，毛泽东致电周恩来。

电文如下：

周：据张表方本日称：龙云代表李一平要求与我方负责人见一面，好回港复命，我意请周接见一次，告以卢汉如能在我军入滇时举行起义，宣布反帝、反封建、反蒋桂立场，则云南问题可以和平方式解决，卢汉所部可以编制为人民解放军。龙云则允许参加政协，会后仍可回港。

如何，盼酌办。

毛泽东在上述电文中，明确将起义时间定于“我军

入滇时”，过早，则起义难望成功；过晚，则起义失去意义。

卢汉 1895 年出生于云南昭通炎山，原名邦汉，字永衡，彝族，是龙云的表弟。1911 年和龙云一起参加了“保路运动”。

1911 年 10 月，武昌起义爆发，云南“重九”起义继之而起，云南军政府成立以后，龙云和卢汉毅然投军。卢汉被送至云南陆军讲武学堂深造，之后，在唐继尧身边任少校副官。1922 年，升任第七旅旅长，归滇军第五军指挥。1927 年，在龙云被胡若愚包围期间，他营救龙云，后被升为九十八师师长。

1937 年 7 月，抗日战争爆发，龙云、卢汉等在中国共产党抗日民族统一战线政策的感召下，毅然投身到抗日救亡运动的行列。在新整编的陆军第六十军中，卢汉任军长。

1938 年，第六十军奉命赴徐州参加著名的台儿庄战役，滇军伤亡过半。滇军还参加了武汉会战，之后，龙云主持编成的陆军第五十八军和新三军开赴抗日前线，与第六十军合编为第三十军团，卢汉任军团长。

1940 年，日军侵占越南，云南边防吃紧。龙云调第六十军的一八二师和一八四师回滇，重建滇军作战，卢汉任总司令。

1945 年，卢汉回昆明后，被任命为云南省主席、省保安司令兼军事倡议院上将院长。

滇军是云南地方实力派维持统治的支柱。它以云南讲武堂训练的军人为骨干，举行过辛亥云南“重九”起义，发动过“讨袁护国战争”，为革命立过功勋。第一次国共合作期间，中共云南省委曾派遣一批党员到滇军开展政治工作，推进国民革命。

抗战爆发后，在抗日民族统一战线的推动下，云南地下党又先后派一批党员和进步青年到六十军和五十八军开展宣传教育工作，党中央还专门从延安抽调党员骨干到一八四师工作，并在该师建立了秘密党支部。1940年底又派朱家璧从延安回云南开展滇军工作。

1946年蒋介石发动全面内战，把滇军全部调往东北。党中央对滇军的情况十分重视，1946年4月，朱德、刘少奇在延安亲自部署了争取滇军起义的工作。党中央专门组织了滇军工作委员会，叶剑英和军事情报部长李克农、中共中央冀热辽分局、中共中央东北局先后直接领导这项工作。

1947年3月，东北局决定成立滇军工作机构，东北局联络部长李立三和东北民主联军副司令员兼吉林军区司令员周保中直接领导开展对滇军的争取工作。

曾受中共地下党教育影响的陈禄、白华带领一个加强连率先在东北投奔解放区；1946年5月27日，六十军一八四师师长潘朔端、副师长郑祖志、参谋长马逸飞率部在海城起义。

1948年10月，在辽沈战役中滇军六十军军长曾泽生

在长春率部起义，编为人民解放军第五十军，而滇军九十三军则在锦州被歼，卢汉的叔父，国民党第六兵团司令官卢浚泉被俘。

这对卢汉震动很大。他非常明白，国民党政权是不可能避免垮台命运的，于是下定决心要反蒋起义，脱离国民党反动派。

与朱家璧秘密会谈

1949 年，云南人民要求和平解放的意愿日益强烈。城市中的工人、学生、市民等情绪激昂地拥上街头，以散发传单、写标语、集体游行的方式要求解放云南，实现民主。

在农村，“桃花开，李花开，桃李百花开，迎接解放大军进山寨”的歌声唱遍了乡乡寨寨，革命活动更是发展得如火如荼。

为弃暗投明，反蒋起义，卢汉又派人秘密联系了我桂滇黔“边纵”副司令员朱家璧。

中国人民解放军滇桂黔边区游击纵队，简称“边纵”，是一支中国共产党领导的由边疆 20 多个民族优秀儿女组建的人民军队。

1935 年 2 月初，中央红军在云南威信县扎西集结，中共中央政治局召开了“扎西会议”，决定成立中共川南游击纵队，在川滇黔边界地区开展游击斗争，配合中央红军实现战略转移；决定由三军团六师政委徐策等 5 人组成中共川南特委，负责领导游击队及长江以南、金沙江以东广大区域的工作。

7 月上旬，中央红军留在贵州的黔北、黔西两支游击队合并后，辗转到达四川古宋朱家山，与川南游击队会

合，并组建为中国工农红军川滇黔边区游击纵队，特委书记徐策任司令员兼政委。游击纵队在三省边区积极开展了英勇的武装斗争，有力地配合和策应了中央红军及红二、六军团的战略转移。

红军长征给云南各族人民以巨大鼓舞，特别是红军川滇黔边区游击纵队的英勇斗争，激励和影响了滇东北一带有志于革命的进步青年。威信县罗布坳郭家坟村青年农民殷禄才发动青年农民，组织起一支20多人的农民武装。

1935年秋，殷禄才主动找到游击纵队，要求给予指导帮助。纵队领导对他进行了启发教育，鼓励他回去继续开展武装斗争。殷禄才领导的队伍在斗争中不断发展壮大。

1936年7月，殷禄才加入了中国共产党。8月，殷禄才接受了特委和纵队颁发的番号，集中原有武装，宣布正式成立“中国工农红军川滇黔边区游击纵队云南游击支队”。按照特委和纵队的指示，创建以郭家坟为中心的游击根据地。纵队抽调红军干部陈华久等5名红军战士到云南支队工作，同时任命殷禄才为支队长，陈华久为支队政委。

云南支队成立之初，积极配合川滇黔边区游击纵队作战，给予纵队有力的策应。后来，云南支队被编入中国人民解放军滇桂黔边区游击纵队。

1949年1月1日，中央军委发布成立“中国人民解放军滇桂黔边区游击纵队”的命令。云南全省的游击主力部队和桂西、黔西南的游击主力部队包括“边纵”云南支队统编为中国人民解放军滇桂黔边区游击纵队。司令员先为殷禄才，后为庄田，政委林李明、副司令员朱家璧、参谋长黄景文、政治部主任张子斋。

按照主力部队、地方部队、民兵三结合的原则，“边纵”下辖12个支队、两个独立团，其中有10个支队和两个独立团在云南境内。

1949年底，“边纵”的战斗活动遍及滇桂黔三省的147个县境，在约2000万人口的广大地区，建立起12个成块的游击根据地，钳制了国民党军队近15万人。“边纵”主力部队发展到4.5万多人，县区游击队发展到10万多人，共歼敌6.1万多人，解放了91座县城，为中国人民的解放事业建立了不朽的功勋。

朱家璧，云南龙陵人，中央军校武汉分校毕业生，毕业后分配到了滇军。在滇军任训练团教官期间，他阅读了不少进步书籍，于是萌生了参加革命的念头。1938年，他以“学习军事”的理由离开了滇军，来到了延安，并加入了中国共产党。之后，他又在“抗日军政大学”学习了一段时间，然后被周恩来、陈云等人派回云南，重新进入滇军，任第一旅第二团第三营营长。

1945年初，卢汉担任了国民党第一方面军司令。滇军进行扩编时，朱家璧被卢汉任命为特务团团长。他借这一职务之便，接触滇军的不少中上层人物，积极向他

们宣传我党的抗日民族统一战线政策，揭露蒋介石企图吞并地方军队的野心。

国民党特务发现了他的行为后，秘密汇报给蒋介石，为此蒋介石特给卢汉发了电报。卢汉非常恼怒，狠狠地训责了朱家璧，并关了他一个多月，可后来又任他为第一方面军司令部二处的科长。

此时蒋介石把滇军调到东北与解放军作战，朱家璧觉得自己这个时候不适合再留在滇军，就按党的指示，再度离开滇军，回到昆明。不久后，朱家璧就在西山、圭山建立起了游击队，后来被编入滇桂黔边区纵队，他本人则任“边纵”副司令员。

卢汉派出的人扮作买卖药材的商人，来到了“边纵”的圭山根据地，见到了朱家璧，对他说：“卢主席有非常重要的事情和你商谈，希望你能去一趟昆明。”

朱家璧不明白他们的意图，没有轻易答应，说：“我到昆明去，有些难处，卢主席能派人来吗？他要是愿意，我们再定见面的时间和地点。”

桂滇边工委向上汇报了这一情况。1949 年 5 月 11 日，中共中央下达了“关于联络卢汉起义问题给滇桂黔边区党委的指示”，同意派兵配合卢汉军队反蒋起义，还要求卢汉派全权代表到北平的解放军总部商谈起义事宜。

朱家璧接到指示后，马上约卢汉派人到寻甸磨盘寺会面。5 月 30 日，卢汉派出的部属龙泽汇悄然开车来到距昆明 100 多公里外的寻甸羊街，在“边纵”地下交通员的带领下，来到了约定的密谈地点。

朱家璧及“边纵”政治部主任张子斋等已在这里等候好久了。龙泽汇开门见山地说：“卢主席派我来，是为了要反蒋起义的事，他希望能够尽快行动，他问你们有没有什么需要?”

朱家璧转达了中央对卢汉起义的要求后，又说：“我们游击纵队现在的武器弹药和服装都严重不足，不知道卢主席能不能支援一点？要是再有一部电台，就最好不过了。”

龙泽汇点点头道：“好，这个我会转告卢主席的。”

龙泽汇回昆明后，卢汉很快就派人给“边纵”送来3000多支步枪，100多挺轻重机枪，30多万发子弹，2000多颗手榴弹，1万套军服，还有一部电台。

紧锣密鼓策划起义

决心反蒋起义的卢汉还停止了征兵征粮的活动，并同意了省参议会驻委会对省政府的停止新闻检查的咨请。

当时，除在昆明的《中央日报》外，其余各报竟相刊登有关我党中央的真实消息。毛泽东的《论人民民主专政》就在7月7日的昆明《正义报》上全篇刊载。

为结束云南省在财政金融上受国民党中央控制的局面，卢汉决定改革币制。

5月20日，省府会议决定，成立云南省银币铸造所，计划铸造半开银币。云南省银行也于7月1日正式成立，第二天就开始营业。云南地区的物价迅速得以稳定，人民的生活也得到了保障，这一举措得到了云南各族人民的热烈拥护。

6月，改组后的国民党行政院由阎锡山出任院长，徐堪再次出任财政部长，他们打算在币制上进行改革，发行银圆券。但是卢汉坚持云南省仍旧使用半开银币，拒绝使用银圆券。

另外，卢汉以云南省财政困难为由，实行机构精简政策，在5月份经省政府会议决定，撤销云南省警务处，将警察人员转调到昆明市警察局，并由卢汉亲信、昆明市市长曾恕怀兼任局长。

卢汉此举的目的是要摆脱国民党特务的控制，原省警务处处长李毓桢是以前的军统特务头子戴笠介绍来的。李毓桢到职后，省警务处立刻就被军统控制住了。而原昆明市警察局长也是李毓桢任命的，所以昆明市的警务，也是在军统特务的控制之中。

而卢汉撤销了省警务处，又更换了昆明市警察局局长，就杜绝了国民党特务对警察机关的干预。

同时撤销的还有其他不少机构，省政府仅保留民、财、建、教四个厅和秘书处、会计处，人员减少二分之一。

6月初，美国驻滇领事人员向卢汉的亲信表示愿意支援云南解决财政困难，卢汉知道后丝毫不为所动，说："美国妄想在财政上予以支援，进而控制云南，不要理他们，我们干我们的。"

此时，为了抢占云南，桂系军阀头目、华中行政长官白崇禧设立滇黔桂边区绥靖公署，任命张淦为主任，派桂军三〇三师进驻百色，准备进入云南。白崇禧的副长官李品仙给云南省政府致电："已派陆军三〇三师进驻百色，并准备入滇协助剿匪"。卢汉回电拒绝他们入滇，可桂军三〇三师却已有两个团开到云南富宁县，并向广南推进。

云南省参议会驻委会召开紧急会议，大家的意见非常一致：一、云南并没有匪，而是迫于拉丁征粮引起和剿匪剿出来的民变，还能再剿吗？二、白崇禧想保存实力，将战火引向云南是个阴谋。三、华中长官辖区不包括云南，西南各省已设有绥署，不必越省，代庖。当即决定先电告代总统李宗仁、行政院长阎锡山，“请制止桂军入滇”，还称这件事如果不能圆满解决的话，“滇民为争取生存，只好通电全省各县坚壁清野，团结抗御”。

为了笼络云南省主席卢汉，蒋介石应他的要求于6月8日成立了云南绥靖公署，由卢汉兼任主任，马锳为副主任，谢崇文为参谋长，张公达为副参谋长。下设参谋处、军法处、经理处、总务处、政工处、新闻处、军医处、军械处等。

同时卢汉还兼任国民党云南省党部主任委员，将全省党、政、军大权都握在手中，为云南起义创造了非常有利的条件。10月，卢汉将他所辖的三个保安旅编为两个军，分别是第七十四军和第九十三军。七十四军军长余建勋，下辖三个师九个团及军师直属部队。这三个师为瞿琢的第一八四师、保如光的第二五九师、尹集生的第二六〇师。第九十三军军长龙泽汇，下辖三个师九个团及军师直属部队。这三个师为张中汉的第二七七师、陇生文的第二七八师、张秉昌的第二七九师。

这两个军和地方团队及警察共4万多人，就是云南起义的总兵力。

此外，卢汉又用绥靖主任的权力，把中央军驻在安宁的第二十六军石补天师调往滇南，消除障碍；以贵阳局势紧张为由，把驻在云南境内的中央军第八十九军调到贵阳。李弥的第八军开进云南，卢汉只允许他们驻扎在宣威、昭通一带，不许接近昆明。

由南京迁到重庆的国民党陆军总司令部又计划撤入昆明，但卢汉以粮食供应紧张为由，只同意陆军总部驻在曲靖。

中央宪兵司令部要求进驻昆明等地，卢汉也只允许他们驻在曲靖。

国民党内政部警察总队也想进驻昆明，卢汉以无法供粮为由，拒绝了他们。

另外，卢汉还下命令撤销设在云南的军、师、团管区，并不准在云南征兵。

西南军政处长官公署副长官肖毅肃奉蒋之命到昆明召开军事会议，决定成立由余程万任指挥的滇南“剿匪”指挥部，“清剿”我云南地区的游击队。为了应付蒋介石，卢汉按他的命令成立了“剿匪”指挥部。

当时，“边纵”朱家璧部就在云南的中部和南部。卢汉派人通知他们秘密转移，同时决定成立由余建勋任指挥的滇西“剿匪”指挥部，令他打通滇缅公路，保证车辆顺利通行及驻守滇西，以防国民党中央部队的侵入，将这儿作为起义作战的后方基地。

释放“九九整肃”被捕人员

9月6日，卢汉飞往重庆，受到了蒋介石超乎寻常的热情接待。蒋介石希望继续笼络和抓住卢汉，卢汉也看出了这一点，于是在商谈中便提出众多要求，否则就将辞职。

蒋介石坚持不让卢汉辞职，经过讨价还价后，拨了两个军的装备和100万银元给卢汉，并授权卢汉“全权处理”云南问题。

但是，作为相互交换的条件，蒋介石要求卢汉回云南后立即取消已经有了民主倾向的云南省参议会，并要求卢汉逮捕100多名进步人士，封闭进步报馆，在云南成立所谓的“剿匪指挥部”等。

9月8日，卢汉返回昆明，肖毅肃等人也和卢汉同时到了昆明，目的是要“配合”卢汉在云南搞整肃。

9月9日晚10时，国民党保密局特务大头目徐远举和沈醉率领100多名特务倾巢出动，开始了全市范围的突然大搜捕。

特务们在武装宪兵的配合下，手持搜查令、逮捕令，按照事先制定好的缉查地址和名单，到处抓人。一夜之间，400多名中共地下党员、进步师生、民主人士落入了特务的魔掌。

成为特务们重点缉拿对象的爱国人士杨杰从昆明逃往香港，可随后特务们潜入香港将其刺杀。

特务头目们又成立了由保密局局长毛人凤负责的“昆明整肃指挥部”，指挥部下设了行动、审讯、总务等组，并强行解散了云南省参议会，查封了《正义报》、《观察报》等报刊。

对于被逮捕的数百人，在专程赶到昆明的毛人凤的主持下，进行了连续审判，拟订枪毙一部分人，并列好了名单，要卢汉签字。

卢汉以200人太多、证据不足为由，拒绝签字。军统又把枪毙人数减为100多人，再减为40多人。卢汉仍然拒绝签字，而要求组织军事法庭会审，以拖延时间。

军统特务们没有办法，只好从当时的中央军法总监部派人到昆明组织会审。卢汉指示云南参加会审的军法处处长杨振兴，一要拖延时间，二要坚持有证据，对无辜人员可先行释放。

这样拖到了11月，“代总统”李宗仁到昆明视察，卢汉便利用他和蒋介石之间的矛盾，向他报告说：“‘九九整肃’在押人员中，有的是社会贤达，有的是一般职工和青年，无辜被捕。请予以从宽处理，才好安定人心。”又暗示各民众团体向李宗仁上书，请求释放被捕人员。

云南知名人士李根源也对李宗仁说：“‘九九整肃’被捕的人中，都是云南省出类拔萃的人才，蒋先生这样

做，颇失人心。”

同时，李根源巧妙地把蒋介石“情有可原，罪无可赦”的电报改成了“罪无可赦，情有可原”。

11 月 15 日，李宗仁电告卢汉“酌情从宽处理”。卢汉立即下令军法处：“奉李代总统命令，整肃所有被捕的人员罪证不足，准予一律释放，即日办毕具报”，11 月 28 日，全部被捕人员释放完毕。

在释放我党人士杨青田时，卢汉托人告知他，自己决心起义，请杨青田设法找中共联系。

与此同时，我党组织从“边纵”派冯憬行到昆明与宋一痕联系，宋一痕告知冯憬行：卢汉准备起义。

我党昆明市委书记陈盛年与副书记赖卫民研究，对卢汉决心起义一事必须绝对保密，暂不向下传达，决定由杨青田告知卢汉：共产党欢迎他起义。

国民党特务刺杀民主人士杨杰

反蒋爱国民主人士杨杰先生是原国民党陆军大学校长，在国民党军队内的人际关系较广，不少国民党将领是他的学生，所以蒋介石决定将他除掉。

保密局局长毛人凤接到蒋介石命令后，立即从台北发电报给时任保密局云南站站长的沈醉，命他尽快杀害杨杰。

可沈醉接令后却一时不敢下手，他知道杨杰和卢汉的关系不同寻常，自己要是杀害杨杰，卢汉绝不会罢休。

几天后，还没得到消息的毛人凤恼火极了，又发电给沈醉，传达蒋介石面谕，命沈醉必须在三天内刺杀杨杰。

我党也非常关心杨杰的安全，让人通知在云南的地下党组织负责人杨春洲，让他告知杨杰马上离开昆明到香港去，再到北平参加即将举行的中国人民政治协商会议。

当时，沈醉就住在杨杰住所的附近。杨杰每天都要从沈醉家门前经过，到云南“沱茶大王”严燮成家做客。杨杰很喜欢沈醉的孩子们，每次从沈家路过，都会和他们逗乐，被孩子们称为“杨伯伯”。

接到毛人凤第二次命令后，沈醉把特务们召到家里

进行商讨，制订出了两套刺杀杨杰的方案，决定当晚动手。

没想到他们的阴谋被善良的沈母听见了。沈母平时就知道杨杰是个正直的人，儿子的图谋让她无比愤怒，她不留情地用手指狠戳着沈醉的头骂道："从小我是怎么教导你的？一个人可以不做官，但要做人！为了升官发财，你就要杀人，你还有天良吗？你要是杀了杨先生，以后你的孩子问起你杨伯伯是谁杀的？你敢照实回答吗？要是他们知道正是你，他们将会怎么看你？我作为你的母亲，又怎么见人？这些你想过了没有，你要是只想着升官发财，昧了良心，我就没有你这个孽子！"

沈醉这个罪恶累累的大特务，对自己的母亲却十分孝顺。他不敢违逆母亲，于是又通知特务们暂停暗杀行动。

蒋介石更是怒不可遏，亲自从台北赶到重庆，在9月6日召见卢汉，让他在云南进行"整肃"，又令毛人凤另外派人到昆明暗杀杨杰。

8日，毛人凤又派保密局西南区区长徐远举带着大批特务，和卢汉一起到昆明。

卢汉猜想特务们必是冲着杨杰而来，连忙发密电告知杨杰，他是毛人凤黑名单的第一个人，要他马上离开昆明，避开特务们的毒手，也可到北平参加我党的政治协商会议。

杨杰收到密电后，用化名为自己买了飞机票，乘机飞赴香港。杨杰刚出昆明，徐远举的飞机就到了。

中国共产党一直密切关注着杨杰到港的处境。9 月 18 日，杨杰接到从香港的中共秘密组织转来的通知，告诉他已经买好了到北平的飞机票，让他准备一下，马上离港赴北平参加第一届政协会议。

但杨杰还是没有躲过特务的追杀，19 日上午，杨杰中弹当场身亡，终年 61 岁。

就这样，这位中国现代史上著名的军事家、反蒋反内战的民主战士，没有死在枪林弹雨的战场上，却死在蒋介石的暗杀中，成为中国人民政治协商会议第一届全体会议代表名单中唯一加黑框的代表。

紧急磋商起义事宜

9月，毛泽东、朱德、周恩来经过研究，派遣跟随傅作义将军起义的原北平警备司令周体仁悄然来到昆明。经龙泽汇引见，周体仁直接同卢汉见面。

周体仁传达了毛主席、周副主席和朱总司令对云南的关怀，对卢汉的起义表示非常欢迎，并介绍了北平起义的经过，还介绍了傅作义将军及其所部得到适当安排的情况等，后又与卢汉多次商谈起义事宜。

之后，卢汉还派周体仁到广州请示叶剑英总参谋长，以确保起义的安全、周全。

叶剑英见了周体仁，非常高兴，告诉他陈赓和宋任穷所率领的第四兵团已经开到南宁。叶剑英又要周体仁随军前去，还马上派人把他送到南宁，随第四兵团进驻云南。

10月1日，中华人民共和国宣告成立。11月，人民解放军在解放了中南各省后乘胜向西南进军。

11月15日，我第二野战军一部占领贵阳。30日，解放了重庆，切断了川康之敌退守云南的道路，并在广西歼灭了白崇禧兵团。

此时，蒋介石已令自己的嫡系胡宗南率领残余部队开进云南西部，又把余程万从云南召到成都，向他面授机宜，让他扩充二十六军的力量，并以昆明机场为转运站，将主要人员和重要物资运送到海南岛。

在这种形势下，卢汉于12月6日晚11时召开紧急会议，杨文清、马锳、佴晓清和龙泽汇参加了会议，磋商准备起义的事宜。

卢汉说："目前形势紧急，我们要是等到解放大军攻到威宁、盘县一带才起义，还有什么意义呢？"

大家知道是该行动的时候了，都激动极了。可此时余建勋的七十四军还远在大理、保山一带，而九十三军的陇生文师又在剑川、鹤庆，卢汉在昆明的部队仅有张中汉师和张秉昌师，力量远远不够。

所以会议决定，无论如何，都要立刻把七十四军和九十三军陇生文师调回昆明。直到7日凌晨6时大家才散会。

为了能像抗战时那样更方便地接受美国的军事物资援助，蒋介石打算将"国防部"及"西南长官公署"等重要军政机关迁往昆明，使云南成为反共的基地，特地派西南军政长官张群赴昆明同卢汉商谈。

令大家没有想到的是，张群抵达昆明时正是12月7日。

卢汉推辞说云南在抗战时期受损太重，还没有恢复，民心也还没有稳定，实在很难答应蒋介石。

张群立刻在电话中向蒋介石转达了卢汉的意思。蒋介石让张群转告卢汉，让龙泽汇8日和张群一起到成都

向他当面汇报云南方面的情况。

卢汉对张群说："李弥、余程万和龙泽汇这三个军长都在云南，如让他们一起去成都报告情况就更好。"

张群非常赞同。于是李弥、余程万和龙泽汇三人以及张群在8日一起到了成都。

龙泽汇是卢汉的妻弟，国民党中央军校的第八期毕业学员，曾经参加过东北四平街战事。国民党军败走东北前，因为龙泽汇尚在南京，所以没有和卢浚泉、盛家兴一起被我军俘虏。回云南后，龙泽汇又担任了保安第三旅旅长，在昆明附近进行防卫。

李弥字炳仁，是云南莲山人，黄埔军校第四期毕业。抗日战争时期他曾任第八军副军长，后来晋升军长，日军投降时率第八军进驻山东。后来他又任第十三兵团司令。

淮海战役中，第十三兵团全军覆没，李弥单身一人从战场上仓皇逃脱，从济南经过潍县、青岛和上海逃到了南京。

蒋介石又东拼西凑地重组了一个第六编练司令部，仍由李弥任司令官，曹天戈、傅克精、邱开基任副司令官。同时让李弥兼任第八军军长，柳元麟任副军长。不久后，李弥率军开往江西鹰潭，接着又到湖南衡阳进行整训。

南京这时候已经危在旦夕，蒋介石十分重视自己的西南后方。当时卢汉已经任云南省主席。云南虽然驻有余程万的第二十六军，但蒋介石觉得兵力还是不足，于是命令李弥率军进驻云南，好对卢汉进行监视。在开进云南的过程中，李弥不断招募士兵，以扩充力量。

余程万是黄埔军校一期毕业生，广东台山人。他曾为李延年的参谋长，并在王耀武的第七十四军任过师长。抗战时期，余程万被派守常德，并在这时候被提升为第二十六军军长。

龙泽汇赴成都敷衍蒋介石

8日下午，龙泽汇、张群、余程万和李弥一行抵达成都。只见公路被胡宗南的那些残兵败将挤得满满的，致使他们的汽车都难以通行。

一个多小时后，大家才到达蒋介石的住所——“中央军校”。张群招呼龙泽汇三人洗脸用茶，然后上楼去禀报。

不久后，蒋介石从楼上下来。龙泽汇、余程万和李弥三人正要行礼，蒋介石把手一摆，让他们坐下。

蒋介石习惯性地寒暄了几句，又问龙泽汇卢汉的病好了吗？卢汉其实并没有病，但龙泽汇还是回答说好多了，并感谢蒋介石对卢汉的关怀。

蒋介石却突然问：“要是共军窜到云南，卢主席和你们打算怎样抵敌呢？”

龙泽汇回答：“我们会遵从校长指教，将云南变成坚固无比的反共基地，尽力防御，坚决抵抗共军。”

蒋介石问：“如果你们抵抗不了，那怎么办？”

龙泽汇大胆地说：“要是这样，我们就向西撤到大理一带，继续抵抗共军。”

蒋介石一听，恼怒地说：“谁让你们撤到大理去？我的学生就必须要执行我的命令，尽心尽力为党国效忠，云南现在就全仗你们了！你们和卢主席如果真的要撤，我就不管你们了。”

龙泽汇说：“校长，卢主席和我们有困难呀！”

蒋介石问：“你们有什么困难？”

龙泽汇乘机按照赴成都前就已经和卢汉商量好的，向蒋介石罗列出了不少困难，如：武器不足、没有军饷、没有汽油等等。

蒋介石在这个非常时刻慷慨极了，对龙泽汇提出的“困难”，他全都答应给予解决。

蒋介石说，军械库里不缺武器，美国借给我们的银洋就存在菲律宾，会立刻空运到云南，汽油则更没问题，马上就能从海防沿滇越铁路运送给卢汉。

蒋介石又问龙泽汇还有没有其他困难，龙泽汇回答“没有了”之后，蒋介石说：“那好，晚上你去找顾总长，让他给你办个手续吧。”

蒋介石说完，又随便问了余程万和李弥一两句之后，就大谈起什么“第三次世界大战爆发”、“美国的有力支援”、“胡宗南部队已向云南滇西挺进”等等，叮嘱大家不要丧失黄埔精神和军人气节。

然后，蒋介石邀请大家到邻近的餐室里吃饭。他们在一张长餐桌边坐好，蒋介石特地把龙泽汇安排在自己的左边首座，余程万和李弥等尚在其次。而坐在右边首席的是张群，以下是胡宗南、俞济时、盛文等。

蒋介石这回请客的方式既特殊又奇怪，侍从给每个

人只送上一份，量也不多，采取的是中餐西式的进餐方法。龙泽汇等人非常客气地用餐，都不说话。

不久，宴席结束，蒋介石和张群又回楼上去了。

当晚9时，龙泽汇跟着蒋介石的侍从武官来到“总参谋长”顾祝同的官邸。

当时顾祝同正在烤火取暖，他和龙泽汇互相问候了几句，就谈起了正事。

顾祝同说：“总统已经打电话给我谕示，你们云南需要的物资，我一定会优先提供给你们。你们需要多少呢?”

其实龙泽汇不过是为敷衍蒋介石，才会提出那些“困难”，他们正准备起义，到底需要什么物资，需要多少，龙泽汇也是心里无底，只好说：“顾总长，我的参谋副官不在，具体数字我一时也无法计算出来，不如这样，明天我回昆明之后再列表派人来领取吧。”

顾祝同说：“行，行，没问题。”

龙泽汇又说了几句客套话，向顾祝同问了他的兄弟、自己在军校时的同学顾蓉君的近况后，就告辞返回自己的住处。

寒夜里，龙泽汇在床榻上难以入眠，心里一直都在想着反蒋起义的事情。

二、宣布起义

●卢汉："现在我宣布，云南起义了！各单位按预定计划开始行动！"

●毛主席和朱总司令嘉奖令："昆明起义，有助于西南解放事业之迅速推进，为全国人民所欢迎。"

●沈醉："本人已绝对服从卢主席命令，各工作同志应即一致遵照。"

五星红旗在昆明升起

次日下午，张群乘专机飞赴昆明。机上除了张群、龙泽汇、余程万和李弥外，还有刚上任的“西南军政副长官”孙渡。

一行人抵达昆明时，已差不多是黄昏了，大家在苍茫的暮色中，又乘上等候已久的小车入城。

龙泽汇把张群在卢汉的公馆里安顿好，然后去见卢汉。刚上楼，卢汉一见他就问：“张群来了没有?”

龙泽汇说：“来了。”

“这就好！你来看这个。”卢汉将一张通知递给龙泽汇，龙接过来一看，只见上面写着：

> 本日张长官莅昆，定今日（9日）晚上九时在青莲街卢公馆开会。各军、各单位关于应请示和需要请领的一切事项，须选行分别列单，到会时自行呈出，特此通知。
>
> （名单从略）
>
> 主席卢汉
>
> 九日下午五时

龙泽汇看完却皱起眉头，一副不解的样子。

卢汉说：“我把你和马锳、谢崇文也列入通知名单了，可到时候你们三人不要来。我打算今晚10时就行动。”

龙泽汇吃惊地问：“是不是要起义？”

卢汉重重地一点头：“不错！”

龙泽汇又说：“我们的部队情况怎么样了？”

卢汉说：“陇生文师已经集结在安宁，余建勋的七十四军正在迅速向东开进。”

原来，今天卢汉接到成都的来电，获悉张群又要来昆明，他分析了目前的形势，认为这是极为难得的大好机会，于是果断地作出了当晚起义的决定。

当天下午，卢汉有意在自己的公馆里设宴招待美国驻云南正副“总领事”，英国“总领事”、法国“总领事”等人，目的是要显示自己的镇定，以此瞒过国民党的昆明军政要员和特务耳目。宴席间卢公馆贵宾满座，热闹非凡，别人绝不会预料到会发生什么突然变故。

这是卢汉的第一场戏，此时他只等张群一到，又要再摆开第二场戏。

卢汉的计划是：利用张群这位“西南军政长官”的大名，将蒋介石那帮在昆明的重要军政人物诱到自己罗网中。

然后，龙泽汇按卢汉的命令立刻到五华山，在警备司令部中听取副军长佴晓清的汇报。陇生文师也已经接到命令，布防在滇池到杨方凹一线，张秉昌师在金殿到

长虫山一线构筑工事，张中汉师作为城防预备队，负责城区戒严。

龙泽汇仔细检查之后，又把相关人员召集到一起进行周密的研究。晚上9时，余程万、李弥、沈醉和宪兵副司令李楚藩、宪兵司令部参谋长童鹤莲、空军第五军区副司令沈延世、师长石补天等人都准时到卢公馆赴会了。可卢汉却大违常情，9时30分还不出现。

大家都等得不耐烦了，不停地看手表，看着大门，可依然没有见到卢汉。石补天正想到门外察看，却见警卫营长龙云青大步地走进来。大家都以为是卢汉来主持会议了，都一齐站起身来。却不料只听到一声霹雳般的大吼："不许动，通通举起手来！"

面对十几支手枪，这些军政要人和大特务们顿时头皮发炸，都举起双手，不敢反抗。

李弥却不甘屈服，恶狠狠地说："你们这是搞什么鬼？"

龙云青冷冷地说："到了这时，你还不明白吗？"

这些国民党显要们被一批批押到汽车上，送到五华山光复楼看守起来。他们的副官、卫士和司机，也早被抓捕了。

同一时间，张群正在卢公馆里向成都那边拨打长途电话，可是电话线早就被撤了，他怎么也拨不通。张群慌了手脚，就要副官带他去见卢汉，可此时副官却不在身边。突然有两个警卫闯了进来，对他搜查了一遍，并缴了他的械，还告诉他，卢汉上了五华山以及云南已经起义的消息。

张群顿时像遭五雷轰顶，一下瘫倒在沙发上，半天转不过神来。就这样，张群被软禁了。

1949 年 12 月 9 日 21 时 50 分卢汉驱车上了五华山。22 时整，卢汉在光复楼的电话总机上，向各机关部队发布命令：

现在我宣布，云南起义了！各单位按预定计划开始行动！

紧接着向全省发表了广播讲话，其要点是：为保全全省 1200 万人民之生命财产，实现真正和平和民主统一起见，特自本日起脱离国民党反动中央政府，宣布云南全境解放。

于是，云南就在这样的情况下和平地解放了！

卢汉又电告中共中央：

北京中央人民政府毛主席、朱总司令、周总理、人民革命军事委员会并请转人民解放军各野战军司令员、副司令员、各政委、全国各军政委员会、各省市人民政府、各省市军事管制委员会公鉴：

人民解放，大义昭然，举国夙已归心，仁

者终于无敌。抗战八年，云南民主思潮，普遍三迤。革命原有历史，响义何敢后人！不意胜利甫临，国民党反动政府，私心滔天，排斥异己，遂发生云南政变，且借机将数万健儿，远戍东北；地方民众武装，剥夺殆尽；全省行政首脑，形同傀儡。以特务暗探，钳制人民之思想；以警察宪兵，监视人民之行动；诛求无厌，动辄得咎，官民束手，积愤莫伸；父老则冤苦填膺，青年则铤而走险。人民革命洪流，实已席卷地下。解放全滇，有如日月经天，江河行地，决非任何反动势力所能遏阻。只以压力太大，不忍轻率从事，重苦人民。

汉主持滇政，忽忽四载，效傀儡之登场，处孤孽之地位，操心危而虑患深，左支吾而右竭蹶，慓威胁之多端，实智穷而力屈，既负滇人，复负革命。年来居心行事，无不以云南一千二百万人之祸福为前提，此中委屈不敢求谅于人，亦不敢求恕于我；苟执形迹而罪我，虽百死而不辞。

1949 年 12 月 10 日黎明，五华山望台上鲜艳夺目的五星红旗第一次徐徐地升起。

在警备司令部里，龙泽汇等通讯员把卢汉向毛主席、朱德总司令和全军全国以及向云南全省军民发表的通电全部发完后，又对全市戒严情况检查了一遍，这时已是深夜零时了。

龙泽汇到了此刻才突然发现还没有吃饭，正感到饥肠辘辘十分疲倦，他交代了佴晓清一声，然后驱车回家了。

由于太过疲劳，他刚吃完饭就在沙发上睡着了。

各界欢庆起义成功

10日凌晨3时左右，睡梦中的龙泽汇被妻子李贤贞叫醒了："快，快，卢主席叫你。"

龙泽汇连忙跃起，立刻赶到五华山，登上光复楼。

他一跨进门就听"啪"一响，卢汉摔碎茶杯，朝马锳厉声道："我叫你把飞机扣下，叫你通知龙泽汇、佴晓清和谢崇文，让他们来五华山值岗，你竟然不去！你是不是故意跟我作对，破坏起义？警卫营长，将马锳拉下去！"

马锳是"云南绥靖公署"的副主任，很受卢汉的重视，曾经多年当卢汉的参谋长，此刻他吓得脸无人色。谁都知道，卢汉发怒时所说的"带下去"，其实就是要枪毙。但这是个非同一般的时候，怎么可以处决自己人呢？

龙泽汇马上把警卫营长徐正芳叫住，让他在楼下稍等，自己则迅速上楼，为马锳向卢汉求情，杨文清等又在一边劝告，卢汉才松了口气，说："那好吧，先将他扣起来！"

然后他又向龙泽汇和佴晓清下令："你们马上行动，要把任务完成，要是出了什么纰漏，我绝不宽恕你们！"

国民党的部队中，宪兵非常顽固，很不容易对付。

宪兵十三团团部就在圆通街，对起义是很大的障碍。

不过宪兵十三团的团长王栩是龙泽汇中学及军校时的同学，向来和卢汉走得很近。

龙泽汇很希望王栩也加入起义的行列。征得卢汉的同意后，他立刻打电话将王栩请到警备司令部。还不等卢汉把话说完，深明大义的王栩就抢先明确表态：“我愿意追随卢主席反蒋起义，唯卢主席命令是从。”

卢汉和龙泽汇十分高兴，龙泽汇又让王栩把宪兵团集中起来，收了他们的武器，并把他们全部带到北校场西营房进行改编整训。

李弥的第六编练司令部就设在如安街，李弥被扣押之后，参谋长卓立代为负责。卓立也早已有意起义，龙泽汇便在电话中叮嘱他管束好官兵，要是遇上什么困难，他就派兵过去强行收缴他们的武器。

同一时间，龙泽汇又出动部队，和警察局分头抓捕特务及其他反革命分子，并对国民党驻扎在云南的各中央机构、部队的行动进行监视。军统特务徐远举、周养浩、陈世贤等纷纷落网，昆明民众无不拍手称快。

但驻扎在马村天祥中学的宪兵教导团还想顽抗到底，龙泽汇派出朱德裕团前去包围，和该团进行了激烈的枪战，连迫击炮都用上了。

当龙泽汇知道王栩和宪兵教导团团长常德颇有交情后，就让他给常德写劝降信。

结果常德表示投降，并愿意随龙泽汇等人起义。

驻在五里乡粮食仓库的二十六军工兵营拒绝反蒋，

于是起义的王国祥团和他们展开激烈的战斗，致使一同视察城郊布防状况、选择碉堡阵地的龙泽汇和佴晓清以及“昆明市长”曾恕怀的车辆都无法通行，不得不从边上绕道而行。

二十六军工兵营经过4个多小时的顽抗，才迫于形势向起义部队投降。

这天黎明时，龙泽汇已经派副师长邹谷君将机场封锁起来，将飞机扣留住了，还打电话给机场站长蒋绍禹，要他也参加起义。

蒋绍禹是龙泽汇的黄埔军校同学，他马上答应了。龙泽汇视察防地经过机场，在他的催促下，蒋绍禹马上将所有的飞行员集中起来，宣布起义，并要求到飞机场去取行李，龙泽汇没有反对。

龙泽汇继续前行，忽然听到飞机轰鸣声，原来是一架飞机起飞了。龙泽汇急忙折回机场，才知道蒋绍禹逃跑了。

原来，飞机油箱里的汽油没有被抽光，于是蒋绍禹带着10多个飞行员抢走了两个看守飞机的士兵枪械，上了飞机，驾着飞机未经跑道就从机场边上飞走了。

龙泽汇恼怒极了，他报告了卢汉，成立了以张有谷为司令的飞机场司令部，负责对空军人员进行管理。

这一天，毛主席和朱总司令从北京发电，对云南起义予以嘉奖：

通电敬悉，极为欣慰。昆明起义，有助于西南解放事业之迅速推进，为全国人民所欢迎。

毛泽东、朱德两人的贺电还鼓励云南全省军民要团结一致地进行战斗，建设新云南，并又指示，有事可以直接请示在重庆的刘伯承和邓小平。

紧接着，中国人民解放军第二野战军刘伯承司令员、邓小平政委从重庆发来贺电；叶剑英总参谋长也从广州发来贺电，对云南的起义表示祝贺和勉励。

12 月11 日，毛泽东又与朱德联名，致电卢汉：

昆明卢主席勋鉴：

佳电诵悉，甚为欣慰。云南宣告脱离国民党反动政府，服从中央人民政府，加速西南解放战争之进展，必为全国人民所欢迎。现我第二野战军刘伯承司令员、邓小平政治委员已进驻重庆，为便于解决云南问题，即盼迅与重庆直接联络；接受刘邓两将军指挥；并望通令所属一体遵行下列各项：

（一）准备迎接人民解放军进驻云南，并配合我军消灭一切敢于抵抗的反革命军队。

（二）执行人民解放军今年 4 月 25 日布告与今年11 月21 日刘邓两将军的四项号召，保护一切国家财产，维持地方秩序，听候接收。

（三）逮捕重要反革命分子，镇压反革命活动。

（四）保护人民革命活动，并与云南人民革命武装建立联系。

又：为向云南与全国人民宣布此次起义并取得各方谅解，拟以另发一通电，对过去作进一步检讨，再由我方复电并于互相同意后发表，较为妥当。专此并希裁复。

毛泽东、朱德的电文，语多嘉勉，对卢汉起义的重大意义作了充分肯定，并明确提出各项具体要求。为此，卢汉备受鼓舞，并表示衷心拥护，通令所属一体遵行。

起义喜讯就如一阵春风般迅速传开，云南各地群众欢呼雀跃，奔走相告。昆明市顿时由一片紧张变得欢乐明朗，各个商铺纷纷开业，各家各户都插上了五星红旗，到处喜气洋洋，各界人士都喜笑颜开。到处锣鼓齐响，鞭炮震天，那些年轻的学生们在大街上扭起了秧歌，齐声高唱："解放区的天，是明朗的天"，庆贺起义成功，云南解放！

沈醉响应起义

1949年12月11日早上，《云南日报》刊出了卢汉率部起义的通电，同时刊出了沈醉拥护起义的通电。广播电台不断播放沈醉的讲话，号召部下放下武器，响应云南和平解放。

沈醉的通电如下：

现云南全省在卢主席领导下，于本日宣布解放。

本区所有军统内外勤及各公秘单位工作人员，趁此时机听命转变，不但可免除无益牺牲，并可保全个人生命及今后生活。本人已绝对服从卢主席命令，各工作同志应即一致遵照。自即日起，停止一切活动，所有武器立即缴出，所有通讯器材不得破坏，遵照呈缴并自动出面办理登记手续，听候另派工作，切勿藏匿逃逸，故违自误，而放弃此唯一自新良机。

沈醉

12月10日

沈醉字叔逸，湖南湘潭人。国民党陆军中将，长期

服务于国民党军统局，深得军统头子戴笠的信任，在军统局素以年纪小、资格老而著称。

他18岁就参加了军统的前身——复兴社特务处。先后担任少校行动组长、稽查处上校处长、军统局总务处少将处长、国防部保密局云南站站长。

1949年11月中旬，卢汉就曾宣布休假半月，不再到省政府办公，表面上是闭门养病，实际上是为了抽出时间调兵遣将，为起义做准备工作，同时，卢汉还下决心戒除了多年的鸦片烟嗜好。

沈醉通过安插在卢汉身边的“内线”，很快知道了卢汉戒烟的事。他推测卢汉下一步的行动有两种可能：准备出国或准备谋反起义，后者的可能性更大。

沈醉曾对自己的亲信部下说：“贵阳已经不保，解放军直指云南，昆明危在旦夕，我党已面临彻底崩溃的绝境，无能为力了。如果卢汉真的要起义，我们也只有跟他行动，参加他的起义……”

12月9日，卢汉得知张群要来昆明，当天便行动起来。沈醉得知这一情况后，感到事态很严重，认为张群的到来反而很有可能会促使卢汉决心提前起义。

然而，云南站的电台与上级联系这时已中断，沈醉对昆明这一突然紧急的变化，不能马上得到指示，感到无所适从。

正当沈醉准备做最坏情况的应急措施时，传令兵送来一封邀他于当天晚9时去卢汉家开会的通知。沈醉感到非常犹豫，究竟要不要去开会，他拿不定主意。

为慎重起见，他往其他部门的几个负责人那里打电话，问他们是否也接到开会通知，结果得知接到通知的主要是“中央”驻昆明的几个单位，而云南省地方所属的单位几乎都未接到通知。

他又直接往卢公馆挂了个电话找张群，询问一下开会的内容。得到的回答是，张长官很忙，不能来接电话，有事开会时当面说。

沈醉脑子里立即跃出这样一个念头：张群是不是被卢汉扣押了？

想到这里，沈醉马上又给卢公馆对面的据点打了个电话，询问卢公馆是否有什么不正常的情况。负责监视的特务说，卢公馆正在举行盛大宴会，宴请驻滇各国“领事”，宾客如云，情况完全正常。

但是，沈醉认为卢汉举行宴会多半是有意放烟幕弹迷惑别人，他好像感觉到什么。

于是，沈醉急忙召开紧急会议。他把几天来整个情况的变化分析了一遍，认为形势严峻。他对自己的一位亲信说，如果他11时以后还不回来，而且也没有打电话来，那就由这位亲信率领他手下所有人员，携带文件、电台和仓库中的武器弹药等前往中央军二十六军军部。

随后，他又给毛人凤发出了最后一个电报：“时局已发展到无法挽回之势，我当尽力而为之，如不成功，只有来生再见。”

沈醉考虑到他亲信的汽车速度快，有紧急事可以方便些，于是又与那位亲信交换了汽车，一直驶往卢公馆。沈醉明白，对于蒋介石和毛人凤所交给他的任务，他已无法完成。

他知道这一去是凶多吉少，如果他此刻不去开会，直接到二十六军军部去，情况一旦有变，自己就能安全地逃出昆明，但是，结果会怎么样呢？把所有的东西扔下逃走，毛人凤能饶他吗？即使他逃到香港，毛人凤也会派特务去暗杀他，那样不仅自身难保，而且还可能祸及妻儿老母。

万一卢汉起义了，该怎么办？先保存实力，以后伺机东山再起？沈醉又想着。

不，不行！蒋介石百万大军都被共产党打败了，他一个人顽抗到底，岂不是螳臂当车？若真降吧，沈醉又感到那样会对不起蒋介石和戴笠多年的培养和重用。

想来想去，沈醉觉得自己已是无路可走了，眼下只有先去开会，再随机应变。

结果，当晚沈醉到了卢公馆后不久就和其他人一起被扣押，然后解往五华山“省政府”办公大楼。

睡在床上时，沈醉翻来覆去地想着。眼下摆在他面前的只有三条路：一条是顽抗到底，以死相拼；一条是假起义真反共；第三条是真起义，把一切都交出来，彻底与国民党断绝关系，立功赎罪。

第一条路自然是必死无疑，第二条路有可能活着逃出去，也有可能在未逃之前被发现。但是即使逃出去，毛人凤也不会饶他；逃不出去，被发现了，共产党也不会饶他，到头来还是死路一条。

沈醉为毛人凤登上局长宝座立下了汗马功劳，最后却被毛无情地发配到边远地区，为此他恨透了毛人凤，不愿为他殉难。所以沈醉越想越觉得自己只能走第三条路：真起义、真投降。只有这样，他才有一条生路。

于是，沈醉准备亲自号召云南省300多个公开和秘密单位的特务以及他们统率的特务武装部队放下武器，交出电台和一切文件、器材，随同他一同起义；并把他曾在上海匿藏的一些枪支、电台的地址供出来，又将下午到达昆明的四个老朋友徐远举、郭旭、成希超、周养浩也交出来。

因为卢汉控制了机场，他们已无法逃走，再加上他们对昆明的情况根本不熟悉，若乱跑出去，弄不好就会被卢汉的士兵抓住打死。

第二天早上，士兵把沈醉押到二楼的一个会议室。卢汉的部下递给他一张拟好的起义电文，让他在上面签字。

沈醉看了一遍之后，觉得这种行文不符合军统特务的规矩，部下一看就会知道不是他的意思，于是说："这样不行！还是我亲自起草起义电文吧！"

卢汉的部下看了一眼沈醉四周那些荷枪实弹的士兵，说："在这种时候你自己越写越乱，还不如就在上面签

个名。”

但沈醉告诉他们说，这种行文即使签了名，也起不了作用，还是他自己写的好。

因为沈醉晚上就想好了要起义，所以此时提笔一挥而就了。

沈醉一边写，卢汉的部下一边称赞写得好。沈醉写完后，接着就把徐远举、周养浩等大特务交了出来，把云南站大小 20 多部电台以及潜伏组织一起交出。

卢汉的部下看到沈醉表现这么好，很感意外，原来他们一直都以为沈醉是最顽固、最不好对付的人。

一切手续办完，卢汉部下便问沈醉，是要走，还是留下？要走的话，还有飞机去香港。沈醉马上表示愿意留下。

卢汉念旧释放张群

卢汉把张群扣押在昆明，被软禁后的张群不断地写信给卢汉，说自己没有掌握军权，把他扣在昆明也没用，希望卢汉看在以往交情的分上，让他离开昆明，他会感激不尽，还保证他会到国外去，从此不再从政。

卢汉和张群的政治关系曾经非常密切，卢汉能够任云南省主席，而且能够排除万难，一连执政四年，还靠张群的鼎力相助。

所以卢汉一向都非常敬重、感激张群，张群在重庆时，卢汉的人每次去重庆都必会给他送礼物。他们两人之间也不断以书信、电话、电报相来往。

张群也知道自己对卢汉有恩，这才放心地到昆明来，给蒋介石当说客，将云南变为反共基地，却没有想到竟然被卢汉扣在他的公馆里。

然而，卢汉也没有忘恩负义，甘愿冒着被责罚的可能，放张群离开昆明。

1949 年 12 月 11 日，龙泽汇在机场检查工作时，杨文清、杨适生等人把张群送到机场，原来卢汉准许他搭乘英国环球航空公司的飞机赴香港。

龙泽汇上了飞机，观察机舱里的情况。张群却以为龙泽汇不肯让自己走，恐慌极了。

龙泽汇说："张长官要离开昆明，我们不会勉强你留下。云南起义是在所难免的，这样才能顺应人心，你走后，还希望你多为国家想一些，请保重。"

张群这才放下心来，向龙泽汇道谢。

龙泽汇下了飞机，仰首目送，直到飞机消失在空中。

张群与蒋介石为结拜兄弟，从1925年开始，就是蒋介石的一位重要谋臣。

1926年11月，国民革命军进入江西，张群成为南昌司令部的总参议。

1929年3月，张群当选国民党中央执行委员。这期间，在国民党军阀大混战中，张群始终协助蒋介石对付各路反蒋势力，以巩固其地位。

1947年4月，国民党在召开"制宪国大"后改组政府，张群任行政院长。在任期间，张群政治上积极贯彻蒋介石"戡乱建国"方针，网罗一些小党派推行所谓民主政治。

1949年春，张群飞赴重庆，任"重庆绥靖公署主任"，后任"西南军政长官公署长官"，策划在西南建立反共基地，以挽救危局，重庆解放又随蒋介石逃往成都。随后受蒋介石差遣，到昆明督促卢汉将云南建成蒋介石在大陆的最后反动基地，殊不知落得个无功而返。

成立临时军政委员会

云南解放后，国民党的“省政府”、“绥靖公署”及其所属的各军政机关的行政权力都被废除，同时成立了云南人民临时军政委员会，为全省临时最高革命权力机构。

该委员会以卢汉为主席，委员是杨文清、余程万、李弥、谢崇文、曾恕怀、安恩溥、吴少默、宋一痕。吴少默任秘书长，张克诚和杨适生任副秘书长。

委员会设置军务处、民政处、财务处、文教处、公安处。

原第七十四军改编为暂编中国人民解放军第十二军，余建勋仍任军长，辖第三十五师、三十六师、三十七师。原第九十三军改编为暂编中国人民解放军第十三军，龙泽汇仍任军长，副军长杨朝论、佴晓清，辖第三十八师、三十九师、四十师。

军政委员会曾打算将第八军、第二十六军改编为第十军、第十一军，但这两个军没有接受起义。

公安处成立后立即负责关于肃特等工作，我地下党还派人参加该处工作。

为争取被扣的李弥和余程万率部起义，卢汉将他们列为临时军政委员会委员之一，在生活方面也很优待他们，还频频派杨文清和宋一痕等人去相劝，希望李、余

能和卢汉一样，服从我党的领导，共同建设新云南。

但李弥十分顽固，说他要是打算起义的话，在淮海战役时期就已经起义了，哪里还会等到这一天！

余程万则说他必须要回去说服部队，才能够参加起义。卢汉的亲信林毓棠提议余程万通过广播使部队起义，余程万也同意了，还在稿子上加上“反蒋起义，有如武王伐纣”的话，在光复楼进行录音，然后公播出去。

12 月9 日，先后发表了《云南绥靖公署、云南省政府布告》和《卢汉告驻滇各军官兵和特务人员书》，提出：为保全本省1200 万人民之生命财产，实现真正和平与民主统一起见，特自本日起，脱离国民党反动政府，宣布云南全境解放。并遵照毛主席、朱总司令所宣布之约法八章，暂组临时军政委员会，维持地方秩序，听候中央人民政府命令。

在历数国民党反动派挑起内战的种种罪行后提出，现在为反动派而奋斗，意义全失，希望已绝，回头是岸，决不能再犹豫了。

卢汉致电刘伯承、邓小平

9日、11日，卢汉先后致电刘伯承、邓小平，通报全省革命秩序已完全恢复，蒋匪在滇军政人员李弥、余程万以下及全体国特，均一网打尽。根据毛泽东、朱德“云南问题即盼迅与重庆直接联络，接受刘、邓两将军指挥”的电报，“敬盼两将军指示一切，并急速派员来滇接收处理”，不胜迫切待命。

12月12日，卢汉又给刘伯承、邓小平先后发来两份电报，阐述其意见：

一、本省起义后，原有军政机关已不能行使职权，为迅赴事机，便于处理军政起见，聘任余程万、李弥等八人暂时组成云南人民临时军政委员会，自己兼任主席。

二、现在因为驻滇蒋军未予改编，军心不安。以云南人民解放军名义，暂时就原来军政变番号，予以改编，仍以原有军、师长继续负责。

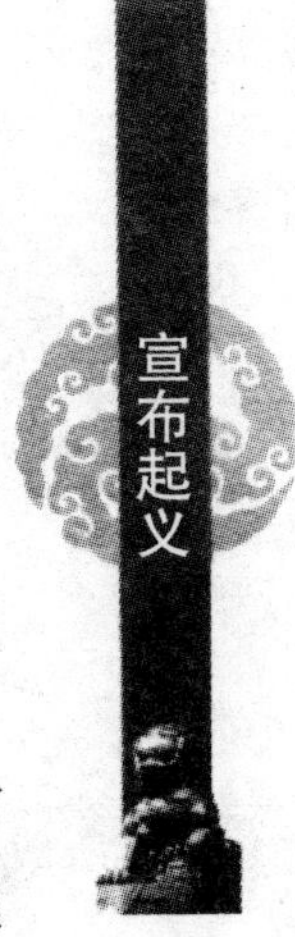

第二天，邓小平在重庆主持中共西南局常委办公会议，反复研究了卢汉12日的两份来电。邓小平于13日起

草了与刘伯承联名给中共中央军委的请示电。

邓小平的电报认为，卢汉两电提出的“一政一军两个问题必须予以回答。我们研究目前对卢方针，以进一步吸引其靠拢我们为有利”。来电中说已将李弥、余程万逮捕，但又请求委任他们为军长及军政委员会委员。邓小平认为：一、仍以刘邓名义复电批准其临时军政委员会，不由中央政府予以正式任命。二、令各军、师长仍然就原职，巩固部队，听候整编。三、问明处理余、李两人真相。这样处置的好处是可以进一步稳卢之心，打破国民党继续挑拨分化的阴谋，并避免混乱。

根据党中央、中央军委的批复，邓小平于12月14日起草了和刘伯承联名给卢汉的两份比较短的电报。内容为：

> 一、在此过渡期间组织临时军政委员会是适合的。请领导该委员会切实执行毛主席、朱总司令四项指示为盼。二、凡明了大势，愿意脱离反动营垒转向人民者，无论其属于中央系或地方系，均表欢迎。所有起义之军、师长及各级官长，一律仍然就原职，巩固部队，进行革命政治工作，准备按人民解放军方式实行整编。

接到刘邓复电，卢汉很高兴。对于复电询问国民党军第八军军长李弥、第二十六军军长余程万的处理情况，他于16日复电认为：

> 两人从来负有监视云南省的任务。数月以来虽然暗中不断向该各部队进行起义工作，但尚无确实结果。9日仓促起义，故当夜将该两人扣留监视，随请前进人士对该两人积极争取，希望他们彻底觉悟，向人民立功。暂时给予新番号，并聘为云南人民临时军政委员以安其心。

在卢汉看来，李弥的认识较为模糊，响应起义的态度亦有些勉强，他愿意亲自前去说服，“则争取第八军部队靠人民之可能性极大”。卢汉认为，余程万本人在言论中表现虽好，但鉴于他的历史背景仍有再加紧教育之必要。

然而事实上，李、余并非像卢汉电报所说和所希望的那样。派人前往劝告李弥和余程万，李弥却回信谎称其部下受台湾伪命，企图向昆明行动，余程万却没有明确表态。二人一被释放，就会指挥部下进犯昆明，企图扼杀起义。

对此，刘伯承与邓小平已有预料。邓小平于同日起草了和刘伯承联名给卢汉的电报。根据卢汉等待我解放大军迅速西进“克日入滇，彻底歼灭残匪”的要求，坚决地表示：“我们已分头派遣部队向云南急进。如第八

军、廿六军继续坚持反对立场，敢于进攻昆明，即请予以迎头痛击。并坚守要点，以待我军赶到，协同歼灭之。望在作战中，与各派遣部队保持联络，密切配合。”

残酷的现实教育了卢汉，使他迅速丢弃了幻想，转向坚决配合解放军的行动方面，决心“与人民革命武装配合坚守昆明”。

12 月30 日，刘伯承与邓小平发表公告，劝告李弥、余程万将士：

在卢汉、刘文辉等将军起义响应下，西南数省已迅速解放。所有起义官兵，都受到人民解放军的欢迎，都有了光明的出路。因此，摆在你们面前的光明大道只有一条，就是立即起义，脱离国民党反动残余，站到人民方面来。

与此同时，刘伯承、邓小平电告卢汉：

一、成都周围被围的胡宗南部及其他共20余万人，已于27 日在新津、蒲江、邛崃地区被我将其主力歼灭。余者分别放下武器，或临阵起义，成都即告解放。二、对李弥、余程万两部，请策动其起义转到人民方面来，我们极表欢迎。

12 月30 日卢汉致电刘伯承与邓小平：

关于策动李弥、余程万两部起义事，经多方设法，迄今尚无确切表示。现李、余两部正集中开远、蒙自、个旧一带。综合近日各种迹象，该两匪部尚无起义诚意，企图延挨时日。

1950 年1 月11 日，卢汉又致电刘伯承与邓小平：

鉴于李、余两人已离开滇境，并与台湾蒋匪暗中联络，继续充任他的爪牙。兹为对顽固的反动分子坚决执行惩处计，拟请准予将该李弥、余程万两人军政委员名义撤销。

刘伯承与邓小平复电卢汉：

我解放大军之由桂入滇部队先头已正向第八、二十六两军迫近中，所拟撤销李弥、余程万两人军政委员会名义一事，请暂缓实施。

1 月17 日，刘伯承与邓小平电告卢汉：

拟请贵部即以不少于三个团的兵力协同我朱家壁部经峨山向墨江攻击前进，配合陈部合

歼敌匪，如能以汽车辅送部队，则收效更大。

卢汉又电复刘伯承与邓小平：

起义之四个团，于上月底即已与朱家壁商定归他指挥。

2月20日，卢汉致电刘伯承与邓小平解释：

云南自去年12月9日起义以后，为便于处理过渡期间军政事务起见，曾暂组云南人民临时军政委员会，原系暂时性质，即应撤销。停止行使一切职权，准备移交。

三、保卫昆明

- 蒋介石对云南起义恼羞成怒，不甘心失败。他认为云南的防卫部队力量薄弱，不堪一击，因此决定进行反扑。

- 敌人的部队在昆明城外和起义军警戒部队发生冲突，昆明保卫战的序幕正式揭开。

- 卢汉起义后，蒋介石命令副总司令汤尧指挥由第八军和第二十六军组成的第八兵团进攻昆明。

汤尧仓皇逃往曲靖

12 月 7 日，随张群从成都飞到昆明的国民党陆军总司令部参谋长汤尧获悉卢汉准备起义的意图后，吓得次日仓皇逃往陆军总部暂时驻地的曲靖。

汤尧生于 1897 年，合肥人。合肥武备学堂、陆军大学特别班第五期毕业，曾任黄埔军校上校兵器教官。1948 年起任陆军总司令部参谋长。

1949 年 9 月，汤尧率领陆军总司令部由曲江、广州溃退到柳州时，国民党军参谋总长、陆军总司令顾祝同将他召到广州，对他说："奉总裁的谕令，不必理会李宗仁发表的让肖毅肃和关麟征分别代理参谋总长和陆军总司令的命令。我仍然担任参谋总长一职，陆军总司令部的事务就由你代理。"

顾祝同又说："总司令部应该尽量地把范围缩小，开到四川去。"

10 月，汤尧带着一些重要骨干先行到了重庆，这时蒋介石和顾祝同已经先到重庆了。

汤尧一报告说陆军总部的辎汽兵团（国民革命军唯一的机械化兵团辎重汽车团，后单独扩编为辎重汽车兵团，简称"辎汽兵团"）先头车辆已经到达贵阳，顾祝同就连忙又让他马上改开到云南去，并对他说："要是每个机关都到四川来，怎么能挤得下？以前由于不明卢汉的态度，中央不太放心。可现在他已经向总裁表示忠心不二，总裁也信任他，所以，你们到云南去就安全得多了。”

正好汤尧不愿来四川，因为这样会受顾祝同的节制，而到云南去就可以独处一方。于是他马上打电话命令辎汽兵团车辆改道开到云南曲靖去，然后从铁路转到昆明，他自己则乘机直接到昆明，要和卢汉商谈陆军总部官兵及家属的住地问题。

可是汤尧到了昆明，卢汉却推说有病，不肯见他。“云南绥靖公署副主任”马锳及参谋长谢崇文都是汤尧在陆军大学时的同学，汤尧只得去见他俩。

没想到马锳和谢崇文也是有意推诿，令汤尧非常不解。马锳对他说：“云南到处都是匪徒，你们‘陆军总部’驻了下来，处境也不太安全，办公就更不方便了。再说昆明的人口这么拥挤，真的没法再拿出住房来。至于外县的情况，你就去找谢崇文吧，他比我熟悉，你跟他商量一下。”

汤尧见到谢崇文后，他却这样说：“这事我做不了主，你还是去跟马副主任谈吧。”

马锳和谢崇文分明是故意推诿，敷衍汤尧。汤尧没有办法，只好先到曲靖去。

这时陆军总部官兵和眷属已到曲靖。国民党陆军总部机构很大，军官职务就上千，还有一大批有老有幼的

家属，所以到了曲靖，弄得不但居住的地方拥挤之极，就连公发的粮食也无法领到。

为了每天的生活，很多人都不得不在大街上拍卖自己私人物件，就连中将级的署长和副署长也不例外。

县政府发给陆军总部的征粮证，警卫团则持着分头到农村里，强盗似的到处搜粮。而军乐部，竟然到戏院里去进行商业演奏。无线电队那硕大的第四区电台，就只能为商家拍电，收取费用。

总之，陆军总部的种种狼狈状，真是丑态百出。

汤尧到了曲靖后，在沾益的李弥就过来见了他。李弥对汤尧说："卢汉的态度很难捉摸，他不愿陆军总部驻在昆明，是不想你们妨碍到他。"

然后，李弥又建议："最好是这样，你们退过怒江去，驻到腾冲，那儿是我的家乡。我的第八军和余程万的第二十六军两军可以作为陆军总部的基础，再加上你们的各个兵种精英，这样不但能固守自保，还可以扩展势力。我已经把第八军的家属集中在昆明附近的大板桥，就等车来后把他们送到腾冲去了，希望你也这样。只是，二十六军的余军长和我有点嫌隙，还要请你去劝劝他。"

11 月初，汤尧又到了昆明，直接对马锳说："老同学，你有话就干脆说清楚，是不是根本就不希望我们陆军总部驻在云南?"

马锳也只好照实说："卢主席的确不希望你们驻在昆明，你们还是暂时驻在元谋县吧。只是，你们开往元谋时，别从昆明经过。”

汤尧更不明白了，问：“你们怎么能这样对待客人呢？”看在同学的情分上，马锳说：“我对你是一片好意，这个以后你迟早都会明白。”

汤尧后来才知道，这时卢汉的起义已经准备得差不多了，无论于公于私，马锳都不愿看到汤尧的陆军总部驻在昆明。

接着，汤尧赴重庆将这些事报告了顾祝同。顾祝同听后也不过是认为卢汉不愿意陆军总部这个大机关驻在他的地盘上，盖住他的风头，怎么也想不到他竟然要起义。

此时，刘伯承、邓小平解放大军的先头部队已经打到了綦江。

11 月下旬，顾祝同和汤尧逃到成都。因为飞机紧张，直到 12 月 7 日，汤尧才携带陆军总部的经费，和张群同乘一架飞机飞往昆明。

到达昆明时，卢汉、马锳、李弥、余程万、龙泽汇等都已经在机场迎接张群。

马锳将汤尧送到巡津新村的临时招待所。他俩一进门，马锳就说：“这房子非常不错，可是在这里住下的人都不太吉利，经常被人囚禁起来。”

汤尧不傻，一下就听明白了马锳话的含意。接着，云南保安副司令拍天民来见汤尧，告诉他卢汉“心怀不轨”。汤尧吓得心惊胆战，一夜都睡不着。

次日一早，汤尧装作出去吃早餐的样子，悄悄来到火车站边的早点铺，一边吃一边等车开。

8时，开向曲靖的第一班火车刚一放汽，汤尧就急忙丢下筷子，快步奔上，跳上车厢，把行李、钱包和晚上睡觉前取下的假牙都丢在昆明了。

蒋介石决定反扑昆明

蒋介石对云南起义恼羞成怒，不甘心失败。他认为云南的防卫部队力量薄弱，不堪一击，因此决定进行反扑。

敌第八军的参谋长杨也可料到李弥已经被卢汉扣押后，马上派车到宣威附近的三十里铺，将第六编练司令部的副司令曹天戈接回沾益主持军务。

已经到了台湾的顾祝同紧急提拔汤尧升任陆军副总司令兼参谋长，命他负责指挥进攻昆明；曹天戈兼任第八军军长；第二十六军副军长彭佐熙则升任军长。

汤尧接到了命令，也匆匆地赶到了沾益。

曹天戈赶到时，已经响应起义的原第六编练司令部参谋长卓立带了关防印信，正力劝第八军也起义，遭到了杨也可等人的拒绝，一些中下级军官也很顽固，还有些人用石块掷击卓立。

曹天戈制止了他们，说："大家别激动，军长还被扣着，我们不要打自己人，反正我们不投降就行了。"

13 日，汤尧、曹天戈、彭佐熙等人经过协商，制订了阴谋计划：为了能够自如地进出怒江和澜沧江，方便以后的作战，要攻占昆明，在滇池东面一带歼灭卢汉的部队。控制、扼守云南西部和南部。

他们又立刻进行了部署：

第八军一部拿下大板桥及其以南地区，掩护第八军和第二十六军分别集结在杨林和宜良，并马上将发电厂破坏，中断昆明的电源供应，好有利于展开巷战；

第八军向杨林集结，在昆明以北高地展开，对昆明北郊及其以西地区形成包围之势；

第二十六军派出一部兵力封锁碧鸡关，防止卢汉逃往云南西部，主力部队则克日在宜良一带集结，在昆明以东地区展开；

攻取昆明后，第二十六军派一个师的兵力入城，负责维持城中的秩序，两军的主力则将昆明四周的高地控制住；

将第一九三师列为预备部队，第三师的任务则是保护沾益机场。

云南起义后，卢汉就料到敌人会反扑昆明，于是下令积极备战，调运暂编第十二军东下。暂编十二军军长余建勋向卢汉建议，这个军的保六团可在昆明参加战斗，此外保五团也应开至昆明，其他部队则按卢汉的命令向东进军，控制禄丰、一平浪、安宁，这样就可以方便地进出富民、晋宁而进攻敌后，达到夹攻敌军的效果。

卢汉欣然采纳余建勋的建议，又命昆明市工程局长赵萌祖组织人力连夜赶筑城防工事，封锁运输，以抵御敌军进攻昆明。同时还联系“边纵”，向刘伯承和邓小平两位将军求援。

此外，卢汉还带着昆明曾恕怀等人，亲自检视防线和部署情况，并召开会议，和谢崇文、龙泽汇、佴晓清、杨继宽等人商谈城防问题。

由于敌强我弱、力量悬殊，卢汉采纳了谢崇文、龙泽汇等人的意见，决定缩短防线，让谢崇文和参谋处长杨剑秋及高参杨家杰、杨继宽、周宗歧四人拟订作战计划和方略，确定以保昆明为目的，尽力避免与敌军进行决战；敌人若进攻时，我军就一步步后移，努力守住城郊，等解放军援兵一到，就合力将敌人消灭。

总之，虽然我方兵力不如敌人，但我方有人民群众、“边纵”及解放大军的援助，又有足够的粮饷，只要尽力守住昆明，解放军一到，就能获胜。

15日，敌第八军教导师在大板桥击退滇军，一路追击到昆明郊外，占领了东北部分高地。蒋介石又命空军轰炸机从海南飞到昆明配合作战，许多炸弹炸中了省政府大楼。

危急时刻，龙泽汇被其副官吴昌汉推到防空洞中，而伏在洞口的吴昌汉胸部被炸伤。一颗炸弹穿透省政府大楼的屋顶，未能爆炸，而是砸到了一把藤椅上；另外几枚炸弹落在卢公馆的附近，激起了翠湖的阵阵水柱，就如下了一场暴雨。

华山东路平政街一带更被炸得惨不忍睹，不少房屋被毁，还造成了数百居民的死伤。卢汉处乱不惊，命令曾恕怀带人前往抢救慰问受难人员，还把指挥机关迁到

了圆通山办公，发誓以性命保卫昆明！

昆明市民大受鼓舞。起义部队人数虽然少，仅有敌人的一半，但得到了全市人民的支援。在我地下党组织的领导下，青年学生和工人们都自发地组成了“义勇自卫队”，踊跃参加保卫昆明的战斗。市民们也自愿地加入了修筑防御工事、救护、运输、除奸的行列。

卢汉时刻不离司令指挥部，随时通过电话询问部队的状况，向军需官了解粮食、弹药的情况，还向刘伯承、邓小平的解放军第二野战军告急求援，并联系了“边纵”朱家璧，要求他们从敌二十六军的侧后进行攻击。

敌军疯狂进攻起义部队

12 月10 日，逃至台湾的国民党陆军总部任命在云南曲靖的陆军参谋长汤尧为陆军副总司令，令其率第八、第二十六军进行“讨伐”。

13 日，汤尧召开军、师长会议，决定部队分由滇北、滇南向杨林、宜良集结，于 16 日开始进攻昆明。

在此形势下，卢汉决心以暂编第十三、第十二军保卫昆明，并制定了固守待援、与援滇的解放军内外夹击、歼敌于昆明近郊的作战方针。

16 日，敌人的部队在昆明城外和起义军警戒部队发生冲突，昆明保卫战的序幕正式拉开了。

第二天凌晨，敌军尝试进攻起义军，于是一场激战在大板桥、跑马山、小板桥一线展开。

敌第八军一部转到金殿黑龙潭一带，对起义军的守备部队发起攻击。

卢汉积极指挥还击，还派出几架运输机突然轰炸了蒙自、沾益两地的飞机场，严重打击了敌军的空中补给站，又向敌人散发传单，以求从心理上瓦解他们，还派人侦察敌人的动态。

当晚，敌人的几股小部队到处骚扰，好像要在第二天发起总攻击。

卢汉连夜召开了紧急会议，商谈应对策略。

会议决定将城防工事作为主阵地，将北校场、巫家坝一线的前方作为阻拦敌军推进的阵地。

如此一来，不但可以节约兵力，以逸待劳，还能将战斗力强的机动部队控制住。作为支援重点方面的作战和出击，首先必须要稳当，再考虑变化，才可避免被攻击而无法反抗。

卢汉还遵照我党的指示，加紧了争取李弥和余程万两人的工作。

李弥突然提出，让他的妻子龙慧娱代他去劝说第八军官兵起义。

卢汉同意了，然而他万没料到的是，在李弥的暗中授意下，龙慧娱一到第八军中就对曹天戈等人火上浇油地说："军长让你们打得更狠一些！你们打得狠，军长就能很快出来。要是你们停止不打，军长就再也出不来了。昆明城里兵力少，又乱成一团，你们可不能放过这个大好机会。"

曹天戈等人听后马上表态，说绝不会停止进攻。龙慧娱回来后，又这样对卢汉说："我一个女人家，他们怎么肯听我的劝？他们说上级命令得很严，又是副总司令督战，他们也没办法。要不要把我留下来当人质，让李弥亲自出去制止他们呢？"

情况万分紧急，卢汉迫于无奈，只好第二天把李弥放了出去。

一到大板桥，李弥就马上召开会议，说就算夺得了昆明，也怕很难维持军纪，弊多于利，第八军最好是开到滇缅边境，尽量获得美国的支持。

可曹天戈和几位师长都坚持攻下昆明，俘虏卢汉。

李弥不想争论，于是说："你们一定要打，我也没办法。"接着就回沾益去了。

汤尧向台湾建议，争取李弥和余程万继续与起义军为敌，分别授予他俩"云南省主席"和"云南省绥靖主任"的头衔。

蒋介石批准了他的建议，还提出，如果在20日之前攻下昆明，就奖赏20万银元，而且部队进城后还可以"自由行动"三天。

18日黎明时，二十六军疯狂地进攻起义军部队。

大约上午8时，敌军的炮弹铺天盖地地射到巫家坝机场内。龙泽汇率领卫队匆匆来到机场。这时保六团往后撤退，龙泽汇急得大声喊："不许退下，不许退下!"还命令保六团团长李达人立刻上阵抵抗。

李达人连忙掩饰说："我……我是在引诱敌人深入。"

龙泽汇愤怒地喝道："你知不知道，你这一撤退，影响有多大!"

接着他向部队发出命令："向前守住阵地，顶住打，冲上去！不许退!"

敌军的炮弹在附近纷纷爆炸，可起义军的战士们毫无畏惧，奋起反击，士气高涨。

关键时刻，余建勋的先头部队及时赶到，两下齐心协力，拧成一股绳，毫不留情地攻向敌人，最终击退了敌人，保住了巫家坝机场。

同一时候，在杨方凹一带，起义军的保十团遭到了敌人的猛烈攻击，于是龙泽汇令机动作战的赵振华率保五团过去支援，最终将敌人击退。

获悉这两场胜仗后，卢汉十分高兴，记了保五团团长马荣凯和赵振华的军功，李达人则遭到了撤职查办的严厉处分。

19 日黎明时，敌军发起了全线总攻击。敌第二十六军占领机场后，又猖狂地向起义军南窑、南天台、五里乡的阵地进攻。

敌军的炮兵阵地就设在巫家坝营房北面一带，疯狂地向起义军阵地轰炸，并将南天台、五里乡等作为他们的攻击重点。

此外还有 1000 多名敌人折到起义军的右翼，从小街子、南坝攻向豆腐营、纺纱厂，已经抵达花庄、马桑营，正在猛烈地攻击起义军的豆腐营阵地。

而敌人的第八军则把主力开赴栗树头、席子营、王旗营、马家营阵地进行猛攻，将炮兵阵地设在大树营一带。

有了炮火的掩护，敌人步兵也不断地猛攻起义军阵地，从早晨至夜晚，枪炮声片刻都不停息，炮弹纷纷地落到圆通山上和大东门附近的护城河中。

但起义军城防工事十分坚固，火力十分严密，官兵们又都视死如归，士气高涨，从容应战，敌人死伤不小，虽然不断地进攻，却也未能有进展。

晚上9时以后，敌军的攻势更加猛烈了。他们组织起了敢死队，企图趁着黑暗，用充足的兵力和猛烈火力打开几个缺口，攻进昆明城。

可起义军已经有所防备，利用照明装置，集中火力狠狠地打击了敌人，使他们死伤狼藉，坚决击退了他们的无数次进攻。

豆腐营、双龙桥、南窑方面的战斗更加惨烈。进攻南窑的敌人不顾伤亡地一度冲到起义军阵地前数十米的地方，起义军的李焕文团长亲自率战士用刺刀和手榴弹英勇地迎上前。

激斗之后，受了重创的敌人丢下几十具死尸，狼狈撤退。

敌第八军的一部转到铁峰庵、涌泉寺一带，进攻起义军的岗头村、王帽山阵地，战斗也异常激烈。

卢汉亲自给指挥作战的各位师长打电话，以激励他们的抗敌士气；又下令让汽车兵团把车灯打开，沿着环绕昆明的公路从西站到东站不停地驰来驰去，制造我方援军从东开来的假象，以动摇敌人。

同时，卢汉又向重庆的刘伯承司令员和邓小平政委致电要求派兵支援，又派龙泽汇、佴晓清到各个阵地进行督战，鼓励官兵。

敌人的每一次冲锋都遭到了起义军部队的沉重打击，不能向前推进一步。

当晚9时之后，敌人只好停止了攻势，仅派一些小股部队进行扰乱。

代卢汉指挥战斗的昆明警备副司令许义浚马上向各部队下令进行整补，第二天再战。

组建义勇自卫总队

卢汉宣布起义，实际仅昆明市得到了解放，云南其他广大地区尚为蒋介石的第八军、第二十六军及从四川、贵州等省逃入云南的各种军队控制着。他们不仅数量多、装备好，战斗力也较起义部队强。

卢汉起义后，蒋介石命令副总司令汤尧指挥由第八军和第二十六军组成的第八兵团进攻昆明。

敌军疯狂反扑昆明，中共边区党委领导和昆明市委决定发动群众、武装群众，让他们配合起义部队，投入保卫昆明的战斗。

于是，组建了“昆明市义勇自卫总队”，由市委成员杨夫戎、朱枫等人按各自联系、领导的系统中的党、盟组织，一层层地下达总动员令，号召党员和盟员们积极发动群众，加入“昆明市义勇自卫总队”，任王维彩为“义勇自卫总队”的总队长。

市委副书记赖卫民派王维彩用和起义部队约定的“林正则”的化名，向昆明市市长曾恕怀领取了1000支枪械和5万发子弹。

12月18日，战斗非常激烈，全市都已经戒严，情况十分紧急，可市委通过动员，短短一天就不但将上级的指示传达给了四面八方的党、盟员及其联系的革命群众，

还把参加义勇队的人员很快地集中起来，到总队部景星小学报到。这归功于我党在产业工人、店员、手工业工人、社会青年中的长期工作。这次号召，也可以说是对我地下党工作的一次考验。

按照各区域、产业、行业等情况的不同，昆明市委把3000多人编成4个大队，各大队之下又分为中队、分队和小队。

铁路、纺织、机械、钢铁、烟草、轻化工等产业工人组成第1大队，共有5个中队，22个分队。大队长张尔望。

自来水、电力、邮电、工交、航空、金融等系统工人组成第2大队，共有3个中队，19个分队。大队长金惠霖。

店员、手工业工人和一部分学生、教职员工及一些失学、社会青年组成第3大队，共有6个中队，18个分队。大队长杨时伦。

市郊农民组成第4大队，分东、西、南3大片，共3个中队，由施万惠担任大队长。

总队部设有政工、参谋、后勤3个处，以及1个直属警卫中队。

在“昆明市义勇自卫总队”刚刚建立起来的这天，敌军从大板桥、跑马山、小板桥一线疯狂攻击官渡地区的起义部队，并直向巫家坝飞机场冲来，形势非常危急。

在这种危险的时刻，在全市军事戒严的情况中，在呼啸于空中的敌机的威胁下，从没有经过任何军事训练而纪律十分严明、队列非常严整的“昆明市义勇自卫总队”毅然开赴战场。一路上，队员们大声喊着革命口号，大声唱着革命歌曲。这支佩戴着红袖标的义勇军，大大地鼓舞了官兵们和市民们，使大家保卫昆明的信心大大地增强了。

这支在我党号召下成立的“义勇自卫总队”，不但鼓舞了起义部队的士气，安定了民心，在一定程度上稳定了局势。在反对敌人破坏、巩固后方、增强前线力量、抗敌卫城上，“义勇自卫总队”也是功不可没。

进行编队、发配枪支和“义勇”袖标的当天晚上，王维彩对中队长以上的指挥员作了简短的动员，宣布“义勇自卫总队”正式成立后，又对敌我战斗的严峻形势进行了分析，说明目前的艰巨任务和昆明保卫战的重大意义，强调“义勇自卫总队”一定要严格遵守中国人民解放军的三大纪律和八项注意。随后，各大队便去执行各自的战斗任务。

第一大队的任务着重是在本厂进行保卫、肃清反革命分子的斗争，另外协同起义部队，参加工厂附近的战斗；

第二大队的任务着重是保证全市能正常供应水、电，保证造币、银行等金融机构的安全，杜绝断水断电情况及银行抢劫事件；

第三大队的任务着重是维持全市治安和支援起义部

队的前线战斗；

第四大队的任务着重是在农村实行坚壁清野，破坏敌人对昆明的进攻。

“昆明市义勇自卫总队”一成立，就马上把市区的所有警戒任务都接了过来，使起义军队和市区警察的武装力量得以及时抽调赶赴前线抵御敌军。

“义勇自卫总队”将市区划分为六个部分，布置固定岗哨，进行武装巡逻，组织市民群众进行布防，防止潜藏在暗处的敌人进行破坏活动，使后方得以安定。

19日到22日，战斗进行得更为激烈，向昆明发起总攻的敌军已经将盘龙江一带的防线突破，打到了状元楼和云南纺纱厂一带。

在这种异常紧急的情况下，“义勇自卫总队”一大队的队员们用棉花包构筑工事，协助起义部队打退了敌人的一次次进攻。

起义军队正全力抵抗从正面攻击的敌军，要求自卫队协助他们构筑工事。于是，总队命令三大队派出一半人员为起义部队构筑工事。

队员们冒着枪林弹雨，奋不顾身地构筑工事，使得起义部队既可以进攻，又可以退守。

昆明之围解除

19日上午，防守巫家坝的官兵抓到了敌军的一个班长。在指挥司令部里，这个班长不停地嚷着要见卢汉。

龙泽汇命人在他身上细细地搜查了一遍，结果只搜出了一封信。写信的是战场上的二十六军某团团长罗伯刚，信上的内容大致是说，为了救出军长余程万，二十六军会不惜一切代价和起义军血战到底，哪怕全军覆没。

看完信后，卢汉立刻派人带这封信和那个班长去见余程万。一见余程万，这个班长就禁不住地大哭起来，余程万也流下了眼泪。

卢汉想，既然二十六军的目的不过是为了救他们的军长，如果将余程万放出去，二十六军就应该会退兵，这样就可以轻易地消除战事，避免昆明城遭受损失。退一步说，就算不能达到目的，那余程万至多也就是跟李弥一样，对起义军也不会有太大的危害。再说，余程万表示起义的态度比较坚决，为人也比李弥耿直。

所以，卢汉决定释放余程万，并同意他的要求，由军政委员会财务处拨给第二十六军一个月的饷额，折成黄金300余两，银圆4万余元。

余程万出城前，卢汉还亲自和他进行了一番交谈。卢汉向余程万简要地说明目前的局势，及我人民解放军

已逼近云南的情况，还对他说：“国民党的几百万大军都已经战败，你们这一两个军又能怎么样？蒋介石的心腹都已经和他到台湾去了，你们不过是在这里给他们当替死鬼而已，这样对你们自己、对国家哪里有益？谁都知道，我卢汉曾经也是国民党的一员，也追随过蒋介石。但是形势发展到这样，是人心所向的，我都能够反蒋起义，你们又有什么好犹豫的呢？”

余程万感动极了，当即向天发誓，说他出去后一定会率二十六军反蒋起义，决不让卢汉和云南民众失望。

卢汉又说：“你要把二十六军开到宜良、开远一带去，更改部队番号，发表起义，接受新的编制，然后立刻回昆明任军政委员一职。”

12 月 20 日上午，佴晓清派一位参谋和一辆吉普车，把余程万送出巫家坝。

这时候，炮火猛烈极了，敌二十六军的山炮正猛轰起义军核心阵地前沿。而步兵正杀向五里乡、吴井桥，妄图攻占塘子巷火车站。第八军则主要攻击昙华寺、大树营地区，在炮火掩护下，步兵袭击了崔公堤附近的阵地，一些敌人企图从连埂的村庄和工厂突入市区，猛烈的炮火则不停地轰炸东城一带，炸毁了不少民居。

中午，敌人攻占铁峰庵，登上荷叶山、王帽山修筑工事。紧接着，起义军派预备队开到大小连山进行增援。形势对我方十分不利，卢汉不断发电急催余建勋军火速增援。

下午4时，趁二十六军炮击的空隙，余程万连忙登上巫家坝附近的一个土丘，摇着一面白旗大声呼喊：“我是余军长，你们别打了，别打了！”

二十六军步兵好一阵才认出了余程万，连忙停止射击，过来迎接军长。二十六军的炮火渐渐平息了下去。黄昏时，二十六军已经停止了攻击。

12月20日晚，余程万将二十六军撤走了。在一座小庙中召开了团长以上军官的会议。他述说了自己被扣押的经过后，又无可奈何地说：“事情已经到了这一步，为所有官兵和家属着想，我看只有先随卢汉起义，以后再等机会了。”

他这番话大家可能已经料到，也可能没有料到，谁都不说话，安静极了。余程万让彭佐熙发表意见。

彭佐熙也是抗日战争中的一条硬汉，这个时候也哽咽着说：“老军长，我们也不过是为了救你，既然你已经平安出来，那就只有听从你的意见了。”

可顽固的副官处长许金涛却表示要血战到底，还讽刺余程万对国民党有失忠贞。最后，在彭佐熙的支持下，大家勉强听从余程万的意见。

21日，第二十六军向蒙自起程，在半途，一些不服余程万的中下级军官带头滋事，把卢汉发放的慰劳品通通扔掉，一些嚷着要上山打游击，一些提出要投靠缅甸、泰国。一时间，军队乱成一团。为了不使二十六军失控，余程万只好又和台湾联系，接受了“云南省绥靖主任”

这一有名无实的空衔。

第二十六军撤退前，并没有通知第八军，第二天拂晓前，第八军察觉到这一情况后，恐怕遭我方围歼，曹天戈慌忙命令部队立刻撤向大板桥。他们经过讨论，一致认为云南南部地区比较富饶，又接近边境线，于进于退都很方便，于是命教导师占领呈贡，掩护主力部队经过后，再立刻到石屏集结；第四十二师、军部、陆军总部、第二三七师、第一七〇师经呈贡、晋南、江川、通海开到建水集结；第三师则经陆良、路南、弥勒开到开远集结。

第八军纷纷退走，昆明城之围就这样解除了。

迎接解放军开进昆明

昆明保卫战胜利后，完成了神圣使命的“义勇自卫总队”队员们纷纷回归自己的单位。

当时我党的昆明市组织尚在地下阶段，还没有建立人民政权。除了水电、邮政、纱厂等单位可以维持生产外，昆明的其他工厂、企业大多数都已破产，有些企业的负责人被逮捕或是潜逃，而留下来的又不敢负责，因为不了解我党的政策，有所顾虑，很多企业都不敢开工。

我昆明市党组织审度形势，在已有的联防区、联防片的基础上，把各个企业的工会联合起来，成立了“西郊区工联”、“海口区工联”、“北郊区工联”、“柳坝区工联”、“城区工联”、“铁路区工联”、“公路运输联合总会”等，还成立了邮政、电讯、民航、搬运等工会。为了方便、有效地领导各个工联的工作，又成立了“昆明市职工联合总会”。

在“昆明市人民团体联合会”的领导下，各工联、各工厂企业积极执行我党昆明市委交予的恢复生产、维持革命秩序、迎接解放军、接管等任务。

这，可以说是一场没有硝烟的战斗。

市委下达了建立“临时管理委员会”的指示，工厂企业的党组织，根据本单位的详细情况，团结中、上层

人员，分别成立了性质一样、名称不同的权力机构。

铁路成立了“昆明区铁路局临时管理委员会”，以“铁路区工联”领导为主任委员、原副局长为副主任委员；邮政局成立了“云南邮政管理局局务决策委员会”，以原局长为主任，工会代表占多数；昆湖电厂成立了“工厂管理委员会”，有厂方代表参加。总经理逃走后，耀龙电力公司成立了“管理委员会”，以协理杨增义为首。

虽然这些管理机构的名称不一样，但都是以工人代表为主，以工会为其主要支柱，行使管理权力，这就形成了具有工人阶级专政性质的临时权力机构。

“市人联”和基层“管理委员会”建立后，多方呼吁民众恢复交通运输和生产、稳定社会秩序，以迎接解放军进昆明。

为响应市委的紧急号召，“市人联”、“总工联”还由“路联”及“铁路区工联”出面，统一指挥抢修公路、铁路、桥梁、涵洞及运输工具，积极地配合解放军进城接管昆明。

四、入滇驰援

●刘伯承、邓小平便立刻命令驻贵州的杨勇第五兵团第四十九师疾进云南，驰援昆明。

●卢汉经常说："解放军来得正是时候！如果再迟两天，我们恐怕就顶不住了！昆明遭殃了，我也完了！真是天兵天将！天兵天将！"

●挤满街头的群众纷纷向解放军献上鲜花和旗帜，"欢迎解放大军！""毛主席万岁！"口号声像春雷一样响彻整个昆明。

二野部队急进云南

在敌军疯狂进攻昆明时，卢汉向中国人民解放军第二野战军司令员刘伯承、政委邓小平求援。刘伯承、邓小平便立刻命令驻贵州的杨勇第五兵团第四十九师疾进云南，驰援昆明，并迅速给卢汉发电。

电文如下：

已命贵阳杨勇兵团派得力部队星夜兼程，驰援昆明，希与密切配合，共同歼敌。

杨勇也急忙向卢汉发电。

电文如下：

已派牛司令员、房副司令员率军兼程入滇支援，即日可到曲靖。

卢汉喜出望外，各守备部队也士气大振。《正义报》出号外到城外散发。

解放军杨勇第五兵团第四十九师分别从毕节和安顺两地起程，日夜不停地快速挺进，连续解放了曲靖、陆良等三座县城，并将敌第八军第三师及陆军总部宪兵团歼灭。

中国人民解放军陈谢四兵团兵分两路，由贵阳、桂林两地日夜兼程，以日行七十到一百公里的强行军速度，像两把尖刀直插云南：一路大军直奔昆明救援，另一路大军奔向蒙自，切断国民党军队从蒙自机场飞逃台湾的后路。

此时，为配合解放大军歼灭残敌，“边纵”副司令员朱家璧和卢汉商议之后，令暂编第十三军的陇生文部和张中汉部的第三十三团进军元江，和“边纵”第九支队在元江南岸阻击企图渡江南逃的敌人；令暂编第十二军的一部从玉溪开到新平沙漠一带，由朱家璧统一指挥，截击向西逃窜的敌人；又令暂编第十二军的尹集生部向南开往蒙自。

就在杨勇第五兵团第四十九师驰援昆明时，陈赓第四兵团部队也开始了进军云南。

新年将到，到处洋溢着节日的欢乐气氛。中国人民解放军第四兵团司令部里，正召开师以上干部会议。

陈赓司令员十分兴奋地说：“同志们，太好了，国民党的第八军和第二十六军在我滇桂黔边区纵队和起义军队的英勇抗击、我第五兵团四十九师的打击下，正逃往云南南部的开远、蒙自地区……”

会场的气氛立刻活跃起来了。

有的干部笑着说：“他们能逃到什么地方去呀？他们逃得再远，我们也能追得上！”

有的人开着玩笑说："咱们就跟他们比一比，看谁跑得快！"

还有一些干部呵呵地笑："我可不敢跑得太快，不然，跑到前头去，又逮不住他们了！"

陈赓保持着微笑，又说："敌八军、二十六军是两个祸患，不能不除。他们企图逃出国境，逃到台湾，由帝国主义支持，再来危害人民。毛主席、朱总司令教诲我们'不忘前仇、不留后患'，要夺取这大陆上最后一战的胜利，在云南南部迅速、彻底地消灭这些残敌。"

陈赓略一停顿，饮了口茶，又说："刘、邓两位首长打算让我们四兵团一个军配合四野三十八军兄弟部队，快速挺进滇南，和云南的人民武装一起阻歼残敌。"

他说到这里，一双眼睛更加目光如炬，不停地在干部们身上扫着。

他的目光终于定在了几个军领导身上，说："兵团党委决定把这个任务交给十三军，让三十七师作为进云南的第一梯队。你们有什么意见？"

听了陈赓的这番话，三十七师师长周学义和师政治委员雷起云心里可高兴啦。

三十七师是一支老牌部队了，骨干人员都是以前的红军，历年来已不知打过多少次出色的胜仗，这个师里就有大名鼎鼎的"红军团"、"夜老虎营"及"洛阳英雄连"。

一想起三十七师历来的辉煌征程，周学义就信心百倍，他“霍”地站起来，朗声说：“首长把这一任务交给三十七师，是对我们的信任，我保证，在解放祖国大陆的这最后一场战斗中，我们一定取得胜利，为解放军争光，为祖国立功，不负众望！”

陈赓点点头，他望着周学义，又望着雷起云，语音洪亮、语速缓慢而又不失严肃地说：“这场追击战斗，距离非常远。敌人距离边境线仅有200公里，而我们的行程却长达1000公里。自从粤桂边战役后，战士们都还没有很好休息过。因此，要出色地完成这个任务，你们一定要做好吃大苦、耐大劳的准备。行动方面，你们一定要迅速、有力，不能忘了毛主席和中央军委提出的‘不顾疲劳，连续作战’和‘逃敌必追、追必到底、不歼不止’的战术原则。还有，你们一定要清楚地认识到，敌第八军和二十六军虽然是残余部队，但它们却是蒋介石的嫡系军。所以，你们不能轻敌，一定要英勇顽强，机动灵活地与他们作战。”

陈赓的话说得十分深刻、详细、清楚，让人不得不服。

周学义和雷起云专心致志地听着，并用笔不停地在笔记本上记录着。

然后，陈赓又向大家说明滇南战斗的整个部署：

四野三十八军部队主力经剥隘、富宁、砚山挺进金平、马关、河口地区，切断敌人逃跑的路线；以桂滇黔“边纵”主力配合我军围歼作战，同时贵州省境内的我军

一部从平彝击向敌八军、二十六军侧后；

十三军主力经南宁、百色、富宁、文山迅速开向开远、蒙自地区，先攻占蒙自机场，断绝敌人的逃路，配合三十八军部队将残敌全部歼灭；

四兵团的十四军和十五军则分别进驻昆明、云南西部及北部地区，接管云南。

四野三十七师向云南出发的那一天，正好是1950年的元旦。

这天，天还未放亮，雄鸡还没有啼叫，人们还在睡梦中，三十七师便踏上了征程。

天渐渐地亮了起来，晨光中战士们的队伍一眼望不到头，非常壮观。那一阵阵的歌声，十分嘹亮：

> 前进，向着滇南前进！前进，向着滇南前进！我们不怕困难，我们不惧艰辛，为着坚决、迅速、全部地歼灭滇南残敌，我们誓死完成大陆上的最后一次进军！

广西西部到处是荒山野岭，几乎没有人烟。战士们迅速赶路，越过无数座青山，跨过无数道河谷。

进入云南后，呈现在战士们面前的是一座高耸入云的大山。山上的空气十分稀薄，战士们爬到山巅后，为了不至于窒息，他们只好张大嘴巴进行呼吸。战士们背负的枪支、弹药、粮袋、背包等都有数十斤重，简直是寸步难行。

但所有的困难都阻挡不住这些解放军战士们，他们前进的速度反而更快了。日行程不断地递增，50公里、60公里、75公里、90公里，直至100多公里。而每日的休息时间正从6小时、4小时到2小时不断地递减。战士们为了跟时间赛跑，最后竟连晚上也不歇下来，继续迅速向前赶。

可战士们毕竟不是铁打的，他们正被疲劳无情地折磨着，如果有人下令休息，即使仅有几分钟的时间，战士们也会马上入睡。

休息一会儿，对指战员们来说太重要了！可他们知道自己肩上的任务有多重，绝不能有一刻钟的休息时间。

遇上湍急的河流，战士们就借用竹竿和绳索，前后紧挨着依次过河。

云南南部山中的瘴气危害性很大，战士们就将大蒜含在嘴里，用浸湿的手巾蒙着口鼻，一步不停地继续前行。

一些战士走得脚上起了大血泡，于是用穿着头发的针刺破血泡，使血水顺着头发流出来。

那些身体较弱的小战士累得实在迈不动步了，高大壮实的同志就替他们背背包，扛枪弹。

身体不好的战士在行军中昏倒了，战友们就搀扶着或者背着他们继续走，就像亲兄弟一样。

经过14个日日夜夜的急行军，三十七师终于在1950

年1月14日到达滇南。

由于昆明久攻不下，又得知解放大军的先头部队已抵达蒙自附近，国民党第二十六军担心腹背受敌，遂于20日夜间悄悄撤退。

次日一早，国民党第八军发现自己被二十六军扔下，又得知有一路增援的解放大军已到达曲靖一带，第八军也急忙撤退南逃了。

坚持了六天六夜的昆明保卫战宣告胜利结束，事后，卢汉经常说："解放军来的正是时候！如果再迟两天，我们恐怕就顶不住了！昆明遭殃了，我也完了！真是天兵天将！天兵天将！"

陈赓兵团突袭蒙自机场

1949年12月，敌第八军和第二十六军就已先后到达蒙自、开远地区。

1950年1月5日，蒋介石特电邀李弥赴台湾，参加由他亲自主持的军事会议。

在会议上，关于八军的安排，蒋介石说或者留在云南，或者撤到海南岛，或者撤到台湾，他让李弥自己选择其中一条路。

李弥说，他对云南的情况熟悉，希望能够留在云南，为党国效忠。

李弥在会上还要求让汤尧继续在蒙自和自己共同作战，顾祝同批准了。会议还作出了把二十六军从云南运送回台湾的决定。

李弥于1月14日从台湾返回，当晚他就召开了通宵达旦的军事会议，拟定了三个方略：

一、第二十六军撤到台湾后，八军就接手蒙自的防守，尽力保护飞机场，将主力部队转移向东，变防守为进攻，于芒村、文山、马关一线与解放军展开战斗。如果取得了胜利，就用一段时间在滇南补充训练，将力量壮大，再占领昆明，向川康发展，渐渐地扩大基地。

二、八军如果无法立足于文山、蒙自，主力部队就

要尽快撤到元江以南，紧紧地扼守元江，将滇南的边疆地区控制住。

李弥对与会者说，元江的两岸尽是陡峭的崖壁，高不可攀，元江河面比较狭窄，水流又十分湍急，只需一挺机枪就能将很长的江面守住，解放军的部队很难渡过江来。再说，从中原到云南，解放军苦战不休，还没来得及好好休整，到这个时候已是强弩之末了，所以李弥认为打败解放军并不难。

三、就算解放军真的突破元江，八军也可以撤到缅甸附近的南峤、车里、沸海三角地区，既可以退守，也可以进攻，这么一来，他们就可以威胁到昆明、百色，甚至是更远的重庆。

李弥十分乐观，认为这三种方略中的每一种，都将对第八军十分有利。

会议进行间，李弥部下突然报告，陈赓兵团的先头部队已经抵达蒙自一带，可随后又否定了，说不过是“边纵”扰乱。事实上，这真的就是陈赓兵团的第三十七师。

三十七师开到蒙自后，周学义和政委雷起云通过研究，作出以下决定：趁敌人还没有察觉我军的到来，尽快绕过敌人外围的警戒部队，直接进攻蒙自机场，堵住敌人空逃的道路，再配合兄弟部队，将敌人在蒙自、个旧、建水的军队全数歼灭。

周学义、雷起云和副师长吴效闵向战士们作了战前动员后，马上命令一一〇团绕过石洞，向蒙自飞机场进攻；一〇九团则绕过东山，突至黑龙潭，协助一一〇团的战斗，并警戒有可能从开远那边开来支援的敌八军。

一一〇、一〇九两个团马上行动起来，很快就绕过了敌人的警戒部队。

只听空中轰鸣声不断，许多飞机不停地飞过，在蒙自机场降落。我军战士们知道这是来自台湾、要接敌军逃跑的飞机。战士们顾不得休息和吃饭，争先恐后地急跑着，很快就跑出了三四十公里地。晚上8时，一一〇团潜进了机场旁边的一家寨、黑龙潭等村落。

敌第八军和第二十六军就要交接防地了，这一晚的防务特别松懈。第二十六军的官兵都在打点行装，准备次日就乘飞机飞往台湾。

刚到蒙自的敌第八军官兵则忙着找房子、铺草、摆床铺、拉电线，准备次日就接管防务。

吴效闵带领的一一〇团，分头从东面、南面和北面悄无声息地接近蒙自飞机场。

一轮月亮已经升到树梢上，是时候了，一一〇团团长傅一宗断然地挥手下令："上！"

三营营长安玉峰马上带着300多名突击队员出动了。月色中，战士们穿过沟渠、稻田和坟地，从不同的方向静悄悄地潜入蒙自飞机场。

八连六班长常华堂率尖刀班向机场深处秘密前进。敌军一支有二三十人的巡逻队在跑道上朝这边走来，不

巧地跟我尖刀班撞了个正着。

为首的军官持着手枪，他一边走着，一边不停地四面环顾。忽然，他发现机场边的草地上有模模糊糊的人影，正向这边摸过来。敌军官连忙让手下们停住，又大声朝前面喝了起来："谁？干什么的？"

常华堂沉着机智地说："别紧张，是自己人。"

敌军官又喝了起来："说口令！"

常华堂说："我们一整天都在山上巡逻，现在才回来的，还不知道口令。"

"混蛋，不知道口令，你们巡什么逻！"敌军官骂着，还举起了手枪说，"不许动，否则子弹不长眼！"

"哼，要是打伤了人，你们负责得起吗？"常华堂应付着他，同时尖刀班的战士们出其不意地掏出几个手榴弹扔了过去。敌人开枪应付了一阵子，就逃跑了。

突如其来的枪炮声，在死寂的深夜中更令人心惊肉跳，睡得正死的敌军官兵们都被惊醒了。一时间，敌官兵们吓得无头苍蝇似的瞎闯乱撞，大呼小叫，一些敌人惊慌失措地逃到飞机上驾机起飞，却因惊慌过度一头撞到了山上，炸得粉身碎骨；一些敌人刚刚爬到飞机上，就被我军战士硬拖下来了。

一架飞机就要起飞，尖刀班战士们猛地冲了上去，用冲锋枪朝机头"嗒嗒嗒"地扫射了一阵，立刻将机头上的灯扫灭，将发动机也击毁了。

常华堂兴奋得放声大喊："打到了！打到了！这大飞

机被咱们抓住了！”

接着，英雄营营长安玉峰指挥尖刀班的战士们冲进了机场的空军指挥所，一连占领了4栋房子，200多个敌人都成了俘虏。

同一时候，尖刀班两侧的突击队，也如龙似虎地冲到敌人的炮兵阵地和一排房子里，敌人还没有来得及用他们的山炮、战防炮、迫击炮还击一下，就通通被我们缴获了。睡在平房中的敌空军地勤人员惊醒后，一些人只能光着上身胡乱开枪射击，一些人更是还没有钻出被窝，就被活捉了。

这场战斗的结果自然是一一〇团攻占了蒙自飞机场，之后又势不可当地攻进了蒙自县城。一〇九团协助作战，歼灭蒙自城南新安所之敌二十六军九十三师的两个营。

蒙自县城外围的敌军，下级找不到上级，士兵找不到指挥官，都不得不放下武器，向我军投降。

我军拿下蒙自城后，鸣鹫地区的敌警戒团狼狈地逃到了开远南面的大庄。他们的命运也不见得就比蒙自机场的敌人好多少，第二天就被我军消灭了。

这一夜汤尧和他的警卫员正在剧院看戏，后来从剧院里心惊胆战地闯出来，乘吉普车到城南机场附近，他本来是打算坐飞机逃到台湾的，可机场里正战得激烈，根本无法进去，汤尧只好掉头逃往西边。

人已经在西昌的李弥，发现蒙自县城方面的通讯突然中断，料到出事了，连忙乘飞机赶回，可这时蒙自机

场已经被我军攻占，李弥无可奈何，只好逃往台湾。

在此关键时刻，正在苏联访问的毛泽东获悉此情，于12月29日自莫斯科致电刘少奇同志：

> 少奇同志：请转告刘邓转知卢汉及云南我军，只可在李弥、余程万之先头阻止其向越、缅前进，不可向其后尾威胁或追击，以免该敌过早退入越南。卢汉及我军均应向该敌进行政治工作，策动该敌起义。

刘邓两将军按照毛主席指示，一面命令入滇驰援的五兵团四十九师暂停前进，以麻痹敌人，一面又急令驻百色的四野三十八军一一四师、一五一师归陈赓兵团指挥。陈赓司令员立即率十三军、三十八军主力，急驰云南，隐蔽接敌，拉开滇南战役的序幕。

神兵攻占蛮耗渡口

我军攻占蒙自机场后，汤尧、曹天戈急忙命令部队撤向澜沧江。而二十六军早就按照彭佐熙的计划，撤往红河方向，企图逃到越南去。

此前，为了能够切断敌军逃往越南的线路，在滇南地区消灭他们，毛主席命令往昆明驰援的杨勇兵团四十九师暂时不再向南追击敌人，以麻痹、滞留他们；同时令驻在百色的四野三十八军部队进军滇越边境地区，夺取金平、河口一线，截断敌人往越南的逃路。

要胜利完成任务，就要赶在敌人前头，那就必须要快。

接到命令后，三十八军副军长兼一一四师师长刘贤权在 1949 年 12 月 27 日率部队从广西田东出发了。协同他们作战的还有“边纵”第一支队，率队的是“边纵”司令员庄田。两支部队的目的地是云南河口。

人民解放军的到来，沿途各族人民都兴奋极了，他们争着为部队开路搭桥，家家户户就像遇上大喜事似的，张灯结彩欢迎我军战士。

在“边纵”的根据地，干部、战士和各族同胞更是载歌载舞，用最热烈的仪式迎接人民解放军战士，表达他们对解放军的无限尊敬。姑娘们那悦耳的歌声唱起来

了，小伙子们那激情的锣鼓声响起来了，还有那欢乐的民族舞蹈也跳起来了，到处都是一片喜气洋洋的景象。

各个村寨中都贴满了赞美解放军、欢迎解放军的标语，美丽的彩色牌坊像雨后春笋似的立在大街小巷的两侧。朴实的各族人民，将无数五颜六色的野花、染红的熟鸡蛋、香味扑鼻的茶水不断地送到战士们的手中。

1月8日，在“边纵”十六团的协助下，一一四师三四一团攻取了文山县城，就在这时，毛主席发来了指示作战的电报，战士们更加振奋了，都说：“毛主席在苏联访问，心里却还记挂着我们这些在边陲战斗的战士，这一仗，是毛主席在亲自指挥我们打呢！”

知道敌人正退往蒙自后，三十八军部队立即分为两路，一路继续开往河口，一路则急速开向蒙自。

河口是通向越南的要道，是滇越铁路的边境出口站，交通位置十分重要。要阻止敌人由陆路逃窜到越南，就一定要控制河口。

细雨绵绵，背负着几十斤重装备的战士们，翻过一座座山岭向河口行进。到达南溪河时，一一四师工兵不顾饥饿和疲倦，用5个小时的时间搭起了一座200多米长的汽油桶浮桥。

1950年1月11日凌晨，一一四师三四一团迅速渡过南溪河，一举攻克河口镇。

汤尧十分震惊，忙令蒙自的第二十六军派兵到红河的蛮耗渡口搭起浮桥，以便他们逃往越南。

蒙自机场被占后，南逃的敌二十六军窜到蛮耗渡口。我军攻占蛮耗的任务则交给了三十八军一五一师的四五二团。

为了掩护主力部队过河，敌二十六军将一个团的兵力部署在红河东岸。因为敌人兵力多于我方，四五二团决定用河上的浓雾作为掩护，对敌人发起突然攻袭。

16日早上，红河河面上浓雾缭绕，仅隔十步就看不清东西了。四五二团尖刀排扮成敌军官兵，悄悄地混进了过桥的敌人当中。浮桥上拥挤极了，尖刀排一班班长庄感文大声说："我们是机枪连，要先过河去掩护，你们闪开，闪开。"

一个敌人很不情愿地说："大家都是逃命的，凭什么要我们闪开?"

庄感文觉得自己可能被这个敌人识破了，于是干脆把他推到河中去。果然，有几个敌人瞧出了尖刀排战士不对劲，急忙大叫："不好，桥上有共军!"

可敌军官根本就不相信，大声骂："闭嘴！难道共军是长了翅膀，飞上来了吗?"

我尖刀排的战士忙应道："对，对，都是自己人，别慌。"

他们不断用胳膊将那些走得缓慢的敌人推到河水中。桥头的敌军官见了，生气地说："怎么搞的？怎么把别人挤进河里?"

突然，已走近桥头的尖刀排班长抬起冲锋枪一下将

敌军官击倒在地，迅速地夺占了桥头堡，将敌人的队伍从中截断，使他们两边不能照应。

这场战斗持续了两个多小时，敌二十六军主力4000多人被歼，少将高参也被我军活捉。

18日晚上，四五二团又赶到斗姆阁，夺取了红河上的浮桥，消灭敌二十六军一九三师副师长以下的2000余人。

滇南歼敌

为了能歼敌于国内，中共中央军委令驻在广西省百色地区的第四野战军一部，沿着国境线西进，占领云南省的边境城镇河口、金平一线，切断敌人向越南逃跑的道路；又令陈赓兵团火速向蒙自地区前进，直插国民党军第八兵团心脏。

陈赓接到命令，立即命令第十三军政治委员刘有光、副军长陈康率领主力第三十七师、第三十八师的四个团为第一梯队，第三十九师为第二梯队，轻装急进，迅速入滇。

从广西省百色市到云南省的蒙自县，按老乡说法是15个“马站”，每站45公里，要翻越无数大山，跨越难以计数的江河。第十三军指战员不畏艰险，不顾疲劳，翻山越岭，每天以急行军速度前进。沿途多属滇桂黔边区纵队根据地，人民群众热情拥军，筹集粮草，修桥铺路，介绍敌情，照顾备至，极大地鼓舞了部队的斗志，减少了行军中的困难。部队仅用9天时间，走完了15个“马站”的路程。

为了迅速切断国民党军队的空中逃路，陈赓命令第三十七师部队：不必等主力到达，大胆急进，占领蒙自机场。于是，第一一〇团从砚山县境出发，昼夜兼程，绕过汤尧部署在鸣鹫的警戒部队，于1月15日20时，一举占领黑龙潭、布衣透等处，乘势扑向蒙自机场。机场乱作一团，三架飞机，一架刚起飞，另两架被缴获。次日凌晨，蒙自县城解放。第一〇九团在蒙自县城南的新安所，迫敌两个营投降；第三十八师的第十三团在开远县大庄地区歼敌1700余人。

国民党军陷入慌乱状态，分路逃窜，我第十三军分路追歼。陈赓指挥第三十七师攻击个旧市之敌，经两小时战斗，歼敌3000余人，解放了锡都个旧市。陈赓又命令部队全力保护锡矿，立即派干部去接管锡矿，组织工人，迅速恢复生产。因为中共中央在卢汉宣布起义后，就给当时远在广东的陈赓发来急电，叫他到云南省后“要保护好个旧锡矿不受破坏，并立即恢复生产”。此时，陈赓立即将个旧锡矿情况向中共中央作了汇报。

解放个旧市同时，第三十七师一部在鸡街与国民党第八军后卫部队遭遇，经反复争夺，歼敌一部。当得知国民党第八军主力正向建水、石屏、元江等县方向逃窜，国民党第二十六军向红河、元阳等方向逃窜时，陈赓即令第三十七师主力和第三十八师分头追击。

18日，第一一〇团追至普雄，俘敌副团长以下300人。

19日，第十三团在追击中，第五连急行军超越敌人，在宜德把敌人堵住，将其歼灭。

为追歼逃过元江的国民党军第一七〇师残部，不使其流窜国外，第三十七师师长周学义率领部队忍饥挨饿，不顾疲劳，连续追击8昼夜，终于2月4日在镇沅县西南的按板井地区追上敌人。敌人垂死冲杀18次之多，均遭失败。在解放军的政治攻势下，第一七〇师师长率部2400余人投降。

在追击过程中，国民党军一七〇师另一股约800人，经思茅、普洱地区向中缅边境逃窜。解放军第三十七师副师长吴效闵率部队急追，于2月19日在西双版纳的南峤（今勐海县）追上残敌，经激烈战斗，歼敌500余人。至此，滇南战役胜利结束。

滇南战役是第四兵团第三个大追歼战，历时49昼夜，部队征战1500余公里，歼敌2.56万余人，为保卫边疆、巩固国防作出了重要贡献。

俘虏汤尧

1月16日，从蒙自撤退的汤尧、曹天戈到达建水。可是除了第四十二师，他们得不到其他部队的消息。一直等到第二天的黄昏，第一七〇师才开到。当天晚上，汤、曹决定先率军撤向石屏后面。

就在这时，他们惊悉负责后卫的第三师已向我军投降，第二三七师也已经被打垮了。

解放军、“边纵”和卢汉起义部队在后面紧追不舍，敌军连战连败。在这种形势下，汤尧、曹天戈决定逃过元江，建立起一块以思茅为中心的根据地。

两人特别召开了团长级以上的会议，决定将部队分为两路，迅速转向元江、墨江、思茅。

他们任孙进贤为右纵队指挥官，率第一七〇师、教导师经宝秀以北开赴元江，将元江两岸的制高点占领，掩护主力部队通过元江大桥，然后将桥炸毁，以此阻止解放军的追击。

任石建为左纵队指挥官，率第四十二师和第八军的直属部队，经宝秀往元江，渡过元江大桥后担任前卫。

孙进贤率军起程，一边打一边往前走，只希望摆脱战斗得以前进。21日，孙进贤来到元江大桥，可眼前所看到的景象使他顿时呆若木鸡，原来他们本以为江上的铁锁桥是在平原上的，可事实上却是位于悬崖深涧中，不可能占领制高点并将大桥控制。

孙进贤用无线电联系汤尧、曹天戈和石建中，但都未能成功。时间很紧，孙进贤不知道左纵队到底是在自己前面还是在自己后面，只好让一个叫左豪的团长率部留下来断后，其他部队则迅速过桥。

过了桥，孙进贤回头一看，只见解放军的身影已经隐隐约约地出现在对岸山头上，孙进贤顿时吓得慌了手脚，不顾一切地命特务营炸掉了桥。

由于向导在半途中逃走，敌左纵队摸索着前进，耽误了不少时间，直到24日才到了元江边。

知道是孙进贤炸掉了桥，曹天戈顿时怒发冲冠。无法过江的左豪团长痛苦地说："我们师长已经扔下我们了，渡口的制高点也已经被解放军占领了，请军长下令，我们听你的吩咐。"

在令工兵试修铁索桥的同时，曹天戈还打算亲自寻找能渡过江去的地方。

可解放军来得实在太快，在顾永武团长的率领下，我军三十七师第一〇九团当晚就已赶到，尖刀连连长张海水率着全连勇士一举全歼了修桥的敌工兵。

还妄图挣扎的曹天戈乘着黑暗，指挥那些残兵败将去占领离铁索桥不远的一座高山，以便将桥头控制。

顾永武给尖刀连下了死命令，无论如何都要抢占这座高山。战士们个个英勇无比，用手抓着长刺的藤条、

用脚蹬着石缝，忍着疼痛攀登上山。

曹天戈集中全部火力跟尖刀连激战，争夺无名山。尖刀连除24名战士外全部光荣牺牲，可该连仍然固守着这座高山，使敌军无法靠近一步。

第二天天亮前，在我十三军政委刘有光、副军长陈康和三十七师师长周学义的指挥下，一〇九、一一〇两团从东南方向、一一四团和“边纵”西进支队从东北方向、卢汉部队从西北方向一道进攻敌人。

我军的冲锋号响彻云霄，走投无路的石建中举起了枪，对着自己扣下了扳机。

混乱中，汤尧和曹天戈已经互相失散，曹天戈带着一伙手下四处乱闯了半夜，天亮后却发现仍然没有逃脱我军火力封锁线，不得不向我军投降。

23日，解放军各路部队赶来加入战斗，击退敌军8次拼死反扑，实施穿插包围，将敌第八兵团部和第八军残部全歼，毙敌1500余人，俘敌6000人。

我军战士将俘虏们集中起来，却见不到汤尧的影子。难道他已经逃走了吗？

突然，一一〇团一连的战士看见一伙几百人的残敌，正仓皇地从前面的山包下逃过，他们都一律持着一支卡宾枪、一支手枪，一边逃还一边开枪打着。

一连战斗英雄郝珍富马上率战士们急追过去，一会儿就全歼了这些逃敌。

俘虏中有一个女的，虽然非常憔悴、头发乱蓬蓬的，可带着的却是个缎面包袱，显然是位军官夫人。郝珍富走到她身旁。

那军官夫人吓得瑟瑟发抖，哭了起来："长官，我不能离开他呀！"

郝珍富好奇地问："你说你不能离开谁？"

军官夫人说："我是说我丈夫……他是个连长……他们的师长已经死了，如果长官肯饶过他，我现在就把他叫过来，好不好？"

郝珍富忙说："行，行，你快把他叫过来，我们不会难为他的。"

那个妇女过去，很快就把她那个当连长的丈夫和一个小传令兵叫了过来。

郝珍富对敌连长说："别紧张，只要你肯投降，我们一定会从轻发落，说不定还能让你们夫妇一同回家。"

敌连长感激地说："我被贵军俘虏，已经是第二回了。我明白解放军的政策，我会尽量立功赎罪的！"

"好，好，你要是真能这样，我军非常欢迎。"郝珍富高兴地说，又让敌连长派那个小传令兵把他们全连人马都叫过来。

很快地，在敌连长的带领下，该连的官兵都过来投降了。这时，仍有一批敌人在不远处抵抗着。

郝珍富让一个班看押着俘虏们，让一个班在阵地上坚守着，他本人则率第三班闪电般地冲到敌人的面前，高举手榴弹断喝："不许动，都举起手来！"

敌人中一个上了年纪的老军官叹了一声，说："不行了，还是投降吧！"

他刚说完，敌人就纷纷把武器放到地上，举起了双手。

郝珍富将这批俘虏编了队，又让那个刚才投降的敌连长带队，可是他一连叫了几声，那个连长却又是摇头，又是摆手，就是不肯出来。

郝珍富正感到不解，这时离他最近的一个战俘小声地对他说："长官，他是不敢带队的，里面有比他大得多的军官呢！"

郝珍富连忙问："什么军官？"

对方低着头，声音更小了："是陆军副总司令！"

郝珍富吃惊地说："是陆军副总司令？是哪个？"

这个俘虏说："长官，你自己找吧，他身穿的衣服比我们的都好多了，年龄也是他最大。"

郝珍富更来了精神，马上带着战士仔细查找起来。他发现最后送来的那些俘虏中有一个老军官，五六十岁的光景，身穿深绿色的呢大衣。

郝珍富马上审问起他来："你叫什么名字？"

老军官不吭声。

郝珍富又问："你是不是汤尧？"

老军官还是紧闭着嘴。

郝珍富不由得又抬高了嗓门："回答我，你是不是陆军副总司令汤尧？"

老军官不得不说："没错，我就是汤尧。"声音沙哑，十分低沉，并苦笑着说："我是飞机送来的俘虏！"

郝珍富再仔细一瞧，原来他正是那个说"不行了，还是投降吧"的老军官。

郝珍富立刻将汤尧带到了连部，连长又决定把他押往师部去。汤尧说："我身子差，走路太困难。"

连长说："我们给你马骑。"

汤尧被押到师部后，一开口就嚷饿，向战士要吃的填肚子。

此时元江县的人民群众已经给我军战士们送来了不少饭菜。在师长的吩咐下，警卫员将两碗大米饭和一盘牛肉炒花菜端到了汤尧面前。

雷起云说："这都是老百姓慰劳我们的，既然你们已经投降，那就请用吧。"

汤尧狼吞虎咽地把饭菜吃个精光，这才说："解放军太……太好了，汤某太感谢了！"

接着，周学义师长让警卫员把他和曹天戈、杨也可一同送到俘虏营里。

孙进贤投降

孙进贤率部逃过元江后，曾得意忘形地说：“从无量山中走出去，共军就被我们甩掉了!”

他哪里知道，三十七师一部、“边纵”九支队和民兵在师长周学义率领下，经过8昼夜的追击，已将他们3200余人围困在鹦鹉山上。

孙进贤想逃又逃不脱，想打又打不赢，穷途末路之下终于想出一个苟且偷生之策：要求和我军“和平谈判”，并派情报科科长陈子强前来联系。

这时，经过长途追击，我军能投入战斗的只有400余人，好在“边纵”的3000多人已赶来支援。

敌人虽然已无斗志，但还有3000多人，一时很难消灭，所以，敌人肯投降就最好。

周学义思考了很久，也同意和敌人谈判，派性格稳重、口齿犀利的一〇九团副团长周峰作谈判代表前往敌军阵地。

途中，周峰与陈子强“拉家常”时套出了孙进贤部的“底细”：他们带的家属很多，累赘太大，内部又矛盾重重。孙进贤和陈子强的家属都还在昆明，成天牵肠挂肚。有些军官主张丢下家属突围，有的主张以家属做“诱饵”向假方向行动，引开解放军的追击。敌人内部各执己见，举棋不定。

周峰针对这种情况，迅速确定了谈判思路：

第一，不示弱；

第二，耐心说服，向他们讲清形势，讲明我军的优待政策；

第三，抓住弱点，揭露敌人的阴谋，随机应变。

孙进贤提出的第一条要求是要到建水缴枪，因为他们沿途作恶多端，怕老百姓找他们算账。可周峰说必须按陈赓司令的命令，就地缴枪。

孙提的第二个条件是军官不能和家属分开，还要给马骑。周峰答应了第二个条件，又问他们还有什么条件。

诡计多端的孙进贤在谈判的最后时刻终于亮出了他的底牌：要给个起义名义。

周峰早就料到了这一招，马上说："你们都是聪明人，该认清形势了。如果你们在淮海战役时起义，我们非常欢迎，会给你们起义名义，但你带着部队逃跑了，现在想要起义名义就太晚了，所以你们只能无条件投降。"

话音刚落，敌政训处主任刘启凡暴跳如雷，站了起来大吼："我们非要起义名义不可！我们还有3000多人，还可以打一下。你们人少武器差，打不过我们。"

他的话就像一根导火线，一下子又点燃了敌军官们心中残存的一丝幻想，军官们都躁动起来了。

周峰想，这个家伙是虚张声势，不将他的气焰压下

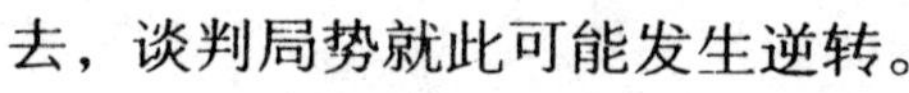

去，谈判局势就此可能发生逆转。

于是，周峰严厉地说："滇南战役前，你们还有三四万人马。但没有几天，你们就输光了。全国解放战争初期，你们人多枪多，有飞机大炮，有几百万人马，但没有几年时间，不也是输光了吗？"

刘启凡不死心地说："我们不讲历史，只讲现实。兔子死了还要蹬蹬腿，更何况我们还有兵力优势。"

周峰继续发动心理攻势："你们现在这点人马算得了什么？我们的力量比你们大十几倍。你们四周都是解放军和'边纵'游击队，澜沧江上的各个重要渡口也早被我军占领了。你们想逃到车里、佛海、南峤建立反共游击根据地，也是异想天开，那里早已经解放了，就算你们有几个漏网分子逃出国外，也是寄人篱下，成不了什么气候。你们一生与人民为敌，最后不能再背个背叛祖国的罪名吧？现在，你们被围困在大山里，缺粮断炊，以马肉为食，马肉能吃几天？吃光了又怎么办？你们能冲出我们的包围吗？即使能，留下的那么多家属怎么办？你们在昆明的妻子儿女怎么办？这一切，难道不值得你们好好想一想吗？"这一连串的发问，把刘启凡的嚣张气焰压了下去，谈判气氛渐渐缓和下来。

孙进贤垂头丧气地表态说："既然我们里外不是人，还有什么好说的，请周代表回去请示陈赓司令员，让我们再商量商量。"

周峰听出孙进贤的话语带有哀求的成分，也就趁机说："我会代各位向首长请示，还请你们再认真考虑一下，替你们的家属想一想，今天的谈判就到这里吧！"

2月6日早上，陈赓司令员明确答复：敌一七〇师只能无条件投降，不给起义名义。

陈子强带上劝降信赶了回去。

2月8日上午，孙进贤终于带着他的3000多名残兵败将前来投降，其余逃至西双版纳之敌，一部被歼灭，一部逃出国境。

南峤追剿

从俘虏的谈话中，我军获悉敌二十六军一部和第八军一七〇师及教导师一部约1000人正向中缅边界的南峤县逃跑。三十七师副师长吴效闵奉命率部向南峤追击。

2月6日，吴效闵率部来到普洱城。“边纵”第九支队张华俊政委、方仲伯副司令员和唐登岷主任率部队和群众夹道欢迎。进至橄榄坝，我军与“边纵”武工团和傣族上层人士召存信取得联系。召存信动员傣族群众扎了竹筏，准备了小木船，帮助部队渡过澜沧江。召存信还建议战士们化装成和尚前往南峤，因和尚受人尊重，敌人也不敢随便过问。于是，9名袈裟下藏着手枪和手榴弹的“和尚”，大摇大摆地上路了。

南峤是一个边境县城，有一个小型飞机场。城里有一座龟山，敌军就在山顶。

2月16日，正是农历大年三十，三十七师战士们和“边纵”部队兵临南峤。除夕之夜，十多名突击勇士爬上了龟山，摸近院门口。锅里腊肉的香味从门缝里散发出来，隐约还听见断断续续的讲话声：“听说……上峰来电……说共军离南峤还有二三百里……

“不管200里、300里……反正这里有飞机场，我们一过春节就坐飞机到台湾去……”

"轰"一声巨响，大门被炸倒了，进攻打响了。我军战士们攻进县政府，只见一张张桌子上摆满了年夜饭，冒着热气，还没有来得及吃年夜饭的1000多名敌人，就这样晕头晕脑地当了俘虏。这天中午，敌二十六军二七八团某营经过城东时，正好遇见了我一一四团的炊事员老刘。当时老刘正在河边挑水，敌军官傲慢地问："你们的长官在哪里？我们是二七八团的，到这里来会合，一过春节就飞到台湾去，快让你们长官派人来接我们！"

老刘机灵地对敌人说："长官，我们已经做好年夜饭了，你们一共多少人呢？"

敌军官说："500多人。"

"那好，这么着长官，就请你们在这儿先休息一会，我马上去报告长官。"老刘说完，挑起水桶急匆匆地走了。

一一四团政委赵培宪正在审问俘虏，听了老刘的报告后走到窗边一看，果然见那些敌人有的在小河边躺着，有的已经向这边走来了。

赵培宪立刻命令哨兵鸣枪报警，自已则抄起一挺轻机枪朝敌人扫射。枪声一响，正在休息的我军战士们马上行动起来。吴效闵指挥，两个连战士从两边压向敌人，其他战士则向敌人猛烈开火，迫使敌人只好投降了。

2月19日，我军将鲜艳的五星红旗插到了中缅边境的云南重镇——打洛。

人民解放军进驻昆明

1950年1月初，朱家璧率领滇桂黔边区游击纵队开进昆明。昆明市中到处张灯结彩，爆竹震天，市民们高举红旗，在西站外欢迎“边纵”战士们。

当天晚上，卢汉在五华山礼堂举行欢迎大会。会上，“边纵”的领导勉励卢汉部队要继续奋斗，建设新云南。

卢汉发言时，对属下的官兵说：“为了起义，我受了多少委屈，冒了多少危险！今天，我终于把你们领到了光明的道路上。我希望你们学习革命思想，永远接受共产党领导，尽心尽力地为人民作贡献。”会上的起义人员听了都十分感动。

2月中旬，中国人民解放军第四兵团陈赓司令员、宋任穷政委率军开进云南，卢汉派龙泽汇和林毓棠为代表前往宜良迎接。

2月20日早晨，第四兵团进昆明的部队集合在巫家坝飞机场，昆明各界团体在菊花村设立了欢迎台，各人民团体、机关、学校、起义部队及各族人民30万人在道路两侧欢迎，队列长达5公里。卢汉和云南人民临时军政委员会的各位委员、处长、起义部队领导们都在1.5公里外迎候。

下午1时，解放军部队开进了菊花村，两门礼炮马上鸣放。紧接着，解放军部队高举“八一”军旗，在军乐声的伴随下进入市区。

下午2时，陈赓、宋任穷、周保中等人分乘吉普车来到欢迎台前。卢汉立即上前迎接，和各位首长热烈地握手。2时30分，举行了一个简单的欢迎式，陈赓和宋任穷先作简短讲话，再由卢汉致辞，表示对解放军的欢迎。一时间鞭炮声、锣鼓声、掌声惊天动地，解放军各位首长、各联合会主席团及记者等分别乘车进入昆明。

部队开入市区时，挤满街头的群众纷纷向陈赓司令员、宋任穷政委及其他干部们献上鲜花和旗帜。“欢迎解放军!”“毛主席万岁!”口号声像春雷一样响彻整个昆明。

22日下午2时，10万各族各界人民在拓东运动场举行欢迎大会。工人、农民、各族群众及机关、学校等团体也不断向解放军献旗献礼。

欢迎大会开始了，卢汉致欢迎词。卢汉说：

> 去年11月，刘、邓两将军向西南进军，并发表四项号召，迅速地摧毁了蒋匪在川、黔两省的主力匪军，把蒋匪在西南的防御体系拦腰截断，使蒋匪想以川、黔两省残匪逃入云南的企图，遭受了致命的打击，这样就使云南的和平解放获得了有利的前提条件。

卢汉还对陈赓司令员、宋任穷政委及我军支援云南、消灭蒋军表示欢迎和感谢。他表示一定会在我党的领导

下，坚决执行中央政府所有的法令和共同纲领，和云南各族各界人民在陈、宋两位首长的指导下，为建设新民主主义的云南而团结奋斗。

欢呼声持续不断，陈赓将军向昆明人民致辞，他说："云南省内公开的敌人都已经消灭干净，云南已经迎来了和平建设的大好时期，目前云南主要任务是响应刘、邓首长的三大号召，建立革命秩序，恢复、发展生产，实行文化教育工作，努力建设新云南、新中国。"

3 月4 日，昆明市军事管制委员会正式成立，陈赓为主任，周保中为副主任，郭天民、郑伯克、安恩溥、潘朔端、谷景生、谢崇文、曾恕怀、胡荣贵为委员。成立了云南省军政委员会，卢汉为主任，宋任穷、周保中为副主任。

云南省人民政府正式成立后，起义部队正式编入中国人民解放军。中央军委正式任命余建勋为中国人民解放军第十四军副军长，龙泽汇为中国人民解放军第十三军副军长。其他参加起义官兵和军政人员都得到了我党的妥善安排。

昆明城区按原来 8 个区的建制接管，建立市、区两级政府，解放军四野十二兵团副参谋长潘朔端被任命为昆明迎来解放后的首任市长。

昆明从此走向了全新的时期，真正迎来了春城之春。

参考资料

《国史全鉴》本书编委会编著 团结出版社
《解放大西南》工农的书编委员会编 人民美术出版社
《解放战争大全景》豫颖主编 军事谊文出版社
《二野档案》张军赋主编 中共党史出版社
《中国革命起义全录》解放军出版社
《文史资料选辑》中华书局
《革命史资料》文史资料出版社
《共和国之战》李建编 中国社会出版社
《邓小平传奇》裘之倬著 广东人民出版社
《沈醉回忆录》沈醉著 湖南人民出版社
《陈赓传》《陈赓传》编写组编 当代中国出版社
《云南革命斗争回忆录》陈盛年等著 云南人民出版社
《云南起义与昆明保卫战史料专辑》郭宗英主编 内部发行
《纪念云南和平解放40周年专辑》昆明市人民政府参事室编
《云南民族工作大事记》云南省民族事务委员会编 云南民族出版社

《云南文史资料选辑》政协云南省委员会文史资料研究委员会编

《决战昆明》林可行编写 吉林文史出版社